KB183336

한국 희곡 명작선 168

홀 인 원 (Hole in one)

한국 희곡 명작선 168

홀 인 원
(Hole in one)

양수근

평민사

양수근

홀 인 원 (Hole in one)

등장인물

강남수 (농사꾼)
오기만 (붕어빵장수)
배순복 (예명 이화. 다방레지)
박기풍 (골프장 사장)
한달진 (한실장. 박사장 운전수)
검사
사무장
마담
의원
어깨 1, 2, 3, 4
여자 (다이빙 샵)
캐디 1, 2
의경

무대

안쪽에 낮은 구릉이 있다. 그 오른쪽으로 잘 다듬어진 소나무 몇 그루와 바위들. 구릉의 깊이는 사람 허리까지 들어가면 된다. 구릉이 해저드(hazard)다. 해저드는 비닐이 덮여있어 조명을 받으면 물결모양이 난다. 구릉 아래 왼쪽으로 홀 컵에 작은 깃발 (pin).

편의상 다방과 검사실 골프장으로 나눈다. 작은 소파와 철제 책상이 자유스럽게 들어오고 나가고 할 수 있다. 장과 장 사이에는 되도록 짧은 암전으로 장면들이 오버랩되어야 한다.

※ 이 작품은 2003년 극단 작은신화 우리연극만들기 공모 당선작으로 그해 겨울 학전블루에서 공연되었다.

깊숙한 곳에 희미한 빛, 엷은 안개. 의원과 박기풍 보인다. 그들 골프를 즐기는지 채를 휘두른다. 손잡이는 그대로이지만 공을 치는 부분은 가분수처럼 엄청나게 크다. 의원 채를 휘두른다. 박기풍도 휘두른다. 골프공도 크다. 그런데 공은 공이 아니라 자세히 보면 사람의 머리 같기도 하다.

음악 깔린다.

검사실.

사무장과 오기만 서로 얼굴을 쳐다보며 웃고 있다. 그 웃음에 서로의 신분이 드러난다. 사무장은 어이없어하고, 오기만은 슬슬 눈치를 본다.

사무장 이 친구 어리숙하게 봤더니, 정말 이렇게 나올 거야. 정답이 빤히 나와 있는데 계속 피해 갈 거야?

오기만 정답이라뉴?

사무장 오기만. 나 대한민국 검사야. 사법고시 수석, 사법연수원 수석. 대한민국 최초 사법고시 사법연수원 동시 수석. 이 정도 사건 우리 여직원 시켜 대충 자판 두들겨 구치소로 넘기면 돼. (가슴에 손) 유능한 검사는 권위를 잃지 않는다. 부드럽게 의사가 환자를 다루듯 (담배 권하며) 자 피워?

오기만 지, 담배 끊었는데유.

사무장 그래. 몸, 몸 생각해야지. 하긴 요샌 피는 게 더 이상하지. 오기만, 인생이 구만리 같은 사람이 무엇 때문

에 십자가를 짊어지려구 해. (빤히 본다)

오기만　왜유? 얼굴에 뭣 묻었슈.

사무장　얼마나 받았어?

오기만　예?

사무장　돈말야, 얼마 받았냐니까?

오기만　세 개에 천원인디, 다섯 개도 주구 네 개도 주구, 요 새같이 살살 찬바람 날리믄 재미를 좀 보니께유.

사무장　허. 나, 참.

오기만　왜 웃고 그류? 붕어빵 장수라고 우습게 보인가 베. 붕어빵요, 그거 우습게 보믄 큰 코 다쳐유. 제때 제때 에 빵을 안 내면 다 타진당께요오. 생각해 봐유. 검 사님은 시커멓게 타진 빵을 사서 먹겠슈. (잠기며) 붕 어빵은 뭐니 뭐니 해도 겨울이 최고유. 흰 눈이 펑펑 내리믄유 작은 촌구석이지만 제법 손님들이 몰리니 께. 손놀림이 을매나 빨라야 되는지. 허허, 침 넘어가 네. 냄새가 을매나 꼬신지 동네 갱아지들까장 붕어 빵 기계 앞으로 몰려서는 꼬리를 홱홱 침서 침을 젤 젤 흘리고… (변하며) 맞다. 나 현수막 맺겨놨는디.

사무장　현수막. 플래카드?

오기만　야, 프랑카드. 작년보다 장사도 신통찮고 혀서, 가 로 세로 구십 센치짜리 프랑카드 주문했슈. (또박또박) '황금붕어빵' 이렇게 써달라고유. 노란색 형광바탕에 글씨가 잘 보이게 말유. 황금붕어빵이라는 기 뺄거

	있간디유. 밀가루에다가 찹쌀 한 줌 개여서 반죽하믄 되는겨.
사무장	오기만. 여기는 '오늘의 요리' 강연하는 곳 아냐. 순진한 척 짱구 굴려도 소용없어. 여기 대한민국 최고 엘리트들만 모아놓은 곳이야. 검찰청. 몰라? 함정 만들지 마. 빠져나갈 구멍도 없는데, 머리 들이민다고 빠져나가져?
오기만	구멍이유?
사무장	옆방에서 강남수도 조사받고 있으니까. 다 나오게 되어 있다구. 한달진 알지?
오기만	한달진이유?
사무장	증도컨트리클럽 한실장 말야.
오기만	그 자식. 그놈 순 깡패유. 골프장 들어선다고 마을사람들하고 협상할 때부텀 협박하고 행패 부린 놈유, 그놈.
사무장	그래, 오기만, 그때 골프장 건설 반대하는 쪽에서 일했지?
오기만	일한 기 아니고유. 그냥 반대했슈.
사무장	그때 한달진에게 폭행당한 적 있지? 있어요 없어요?
오기만	있슈.
사무장	그래? (뭔가 받아쓴다)
오기만	그 일은 내가 합의를 봐주면서 다 끝났슈. 우리 마을에다 언제 골프장 만들라고 했남유, 수백년 된 아름

드리나무들을 죄다 깎아내려 벌거숭이로 맹글어 놓고. 골프장에서 흘러나오는 농약 때문에 농사도 못 짓쥬, 지하수도 말라 비틀어졌쥬. 골프장유 그거 살아있는 오염덩어리유. 한실장 그 노마 오염덩어리 만든다고 맨 앞에서 완장 찬 놈이유.

사무장   그러니까 한달진이 하고 개인적인 앙금이 남아 있었다? (확신에 차서) 배순복이 알지?

오기만   배순복이유?

사무장   벌꿀다방 레지말야!

오기만   벌꿀다방? 거긴 이화씨밖엔 없는디.

사무장   이화? 그 이화라는 여자 본명이 배순복이야!

오기만   그류? 진 금시초문인디. 이화씨 본명이 배순복이라구요? 배순복!

사무장   배순복이와 한달진이 사이가 어땠지? 둘이 내연의 관계였지?

오기만   이화씬 한달진이하구 내연의 관계 그런 거 아뉴. 이화씬… 그라니께 이화씬….

사무장   그럼 뭐야?

오기만   한달진이 이화씨를 얼마나 귀찮게 했다구요. 골프장 사장이 골프에 완전 미친 놈이유. 지 골프장이라고 손님들 나가믄, 대낮처럼 벌겋게 불을 켜놓고 날새기로 골프를 치고 한다니께유. 그럼 똘만이 한달진인 갈 데가 없어서, 이화씨 일하는 다방에 죽치고

사는 거유….

사무장 그래? (멱살 잡는다) 왜 죽였어? 왜? (더 세게)

오기만 (숨쉬기가 곤란한지 사무장 팔을 툭툭 친다)

사무장 대한민국 검사를 우습게 봐. 그래서 죽였어? 개인적
인 원한 때문에?

오기만 왜 이래요?… 진 암도 안 죽였슈….

사무장 그럼? 누가 모를 줄 알아?

오기만 몰라유. 켁켁.

사무장 (조인다) 오기만, 강남수, 한달진, 배순복 이렇게 네 사
람 한 패거리들 아냐? 주연 오기만, 강남수, 조연 배
순복. 엑스트라 한달진. 맞아 안 맞아?

오기만 우린 영화 안 찍었슈.

사무장 장난하냐. 왜 죽였냐구, 왜? 죽인 이유가 도대체 뭐야?

오기만 말, 말할께유. 켁켁.

사무장 (논다)

오기만 그러니께 그기, 하도 성가시게 굴잖어유. 그래, 옆에
있는 돌멩이를 냅다 집어 던졌슈. 그랬더니 머리를
맞았는지 그 자리에서 펄떡 뛰어오르더니 꼬구라지
대유.

사무장 오기만, 돌멩이 하나에 온통 피범벅이 됐다구? 결정
적인 사인은 이차 충격이었단 말야. 일차 충격이 있
은 연후에 말야.

오기만 참, 예리하시네유. 꽉 꼬구라지니께, 남수형이 발로

사정없이 밟았슈. 그러니께 그냥 머리에서 빨간 피가 푹 터지더라구유. 아이구, 손바닥만한 쥐새끼가 뭔 잘못이 있다고 인정사정없이 밟아 죽이는지, 하긴 창고에 쥐새끼가 많긴 많았시유.

사무장 쥐새끼는 무슨 쥐새끼. 거꾸로 매달아야 정신 차리고 진술할 거야? 사람이 죽었어. 사람이. 오기만, 강남수 그리고 배순복 이렇게 셋이서 한몫 챙길 작정을 하고, 증도CC 박기풍 사장의 운전수로 있는 한달진이를 죽인 거잖아.

오기만 (놀라며) 야? 한달진이가 죽었슈?

사무장 골프장 건설 때 폭행당한 원한도 있고, 사모하던 배순복이가 한달진에게 자꾸 시달리고, 그래서 빚 독촉에 쪼들리던 강남수까지 끌어들이고, 시나리오가 뻔하잖아. (서류 보이며) 벌꿀다방 마담 증언에 의하면 죽은 한달진이하고 만나기만 하면 티격태격 거렸다며…. (하는데)

반대쪽 조명 하나, 그 속에 마담.

마 담 너무너무 끔찍했어요. 난 어쩌면 좋아요! 가뜩이나 장사도 안 돼서 죽을 맛인데 이런 사건까지 일어나다니. 장사는 언제부터 할 수 있는 거죠? (혼이 났는지 겁먹으며) 죄송해요. 근데 무슨 얘기였더라? 아, 참 참.

기만씨랑 한실장이랑! 그러니까 그날도 우리 다방에서 두 사람이 마주쳤는데, 기만씨는 부들부들 떨면서 이를 갈고, 한실장은 기분 나쁘게 기만씨 뺨을 때리고, 하여간 살벌한 분위기였다구요. 저요? (고상하게 코맹맹이로) 저야 늘 그렇듯이 시를 쓰면서 복권을 긁고 있었구요. 호호호.

밝아지면서 검사와 기만 들어가면 자연스럽게 다방이다.

배순복 또 샀어요?

마 담 아싸 이화, 이거 봐, 나, 오늘 벌써 오백 원짜리만 세 개다. 호호호호.

배순복 언니두 참, 이제까지 복권 산 돈 합하면 집을 사고도 남겠네.

마 담 이화 너두 긁어 볼래?

배순복 됐어요. 난 긁으나마나 꽝일 텐데. (긴 하품) 어제, 오늘 손님도 없고. 아, 따분해.

마 담 그래, 그거 맘에 든다. 시상이 팍팍 떠오르네. 제목. '따분' (코맹맹이로) 어제도 따분, 오늘도 따분, 앉아도 따분, 서도 따분, 아, 따분. 따분따분. 눈에 보일 듯 잡힐 듯, 어디서 와서 어디로 가는 것일까, 인생은 늘 따분한 것. 호호호호호. 어때, 감동적이지 않니?

배순복 멋져요.

마 담 하긴 따분하기는 하다. 다른 시골에서는 사랑방에서
화투치다가도 커피 배달시켜서 마신다는데, 여긴 너
무 드라이해. 골프장 들어선 뒤로는, 살던 사람도 다
이사 가버리구, 골프 치러 오는 사람들은 이런 촌구
석 다방 들어올 일은 만무하고. 안 되겠어. 내일부터
는 로또에 더 주력해야 할까봐.

배순복 언니도 참.

달진 들어선다. 마담 눈을 피한다. 이화도 얼른 자리를 피한다.

한달진 하이, 시스터들 방가방가! 어째 분위기가 요 모양 요
꼴이여. 나가 들옹깨 찬바람이 쌩쌩 붕만이. 손님이
왔음 '어서 오십쑈' 요런 말도 못항가. 주둥이는 나불
나불 거리라고 조물주께서 맹긍 것잉께 언넝 해봐.
이쁘게. 어서 오세요.

마 담 (마지못해) 어서 오세요.

한달진 그라제. 여그 쓴물 투⋯.

마 담 누구 올 사람 있어요?

한달진 대낮부터 혼자 뭔 재미로 쓴물 뽑을 것는가. 이화 껏
한 잔, 내 껏 한 잔, 뻣뻣한 삭신이 보드란 삭신을 만
났승깨, 한 잔 썩 생켜 불어야제이. 앙긍가?

마 담 이화, 여기 커피 두– 울. 헌데 요즘 통 콧빼기도 보기
힘들데?

한달진   우리 꼰대 해드님께서 무지허니 복잡혀. 사업 구상을 하신가? 양쪽에 무식한 새끼들만 이뻐허고 나 같은 놈은 완전 찬밥 신세여. 쓰볼. 두고들 봐! 언젠가 날개를 다는 날이 올것깨.

마 담   (코맹맹이 조심스레) 근데 오늘은 어쩐 일이셔?

한달진   요새는 노동자들이 너무 많아. 골프장서 짐 날라주고 허는 우먼들 말이여.

마 담   캐디! (카운터로 가면서)

한달진   잉. 고것들이 뭔 노동조합을 맹근다고 지랄들이여. 하여간 코리아는 안 돼. 쓰리 이상만 모태믄 서로 잘났다고 머리띠를 묶어 부러. 고것도 질로 뻘건색으로 골라 갖고. 콱 즈그 모가지나 묶어 불제.

배순복   (커피를 내오며) 그 사람들도 뭔가 힘들고 나름대로 요구사항이 있으니까 그렇겠지요. 무작정 그러겠어요.

한달진   아니, 씹 같은 것들. 즈그들이 뭔 요구사항이여. 가방 몇 번 들어줌서 챙길 것은 다 챙겨묵는디.

배순복   (가려는데)

한달진   (손목을 잡는다)

배순복   왜 이래요.

한달진   왜 이러긴. 시방 나가 여그 온 이유를 몰라서 몰옹가? 워째 잊어 불었능가? 얼굴은 반반하니 생개 갖고 (손이 슬금슬금 다리를 훑는다) 워째 갈수록 이라고 쌀쌀 맞으까이. 내가 붕어 새낑가 혼자서 쓴 물을 두

그릇 썩 생캐불게. 욜로 싯다운 혀봐.

배순복 며칠만 더 기다리세요.

한달진 머니가 없으믄 다른 방법으로 갚으믄 되제이. (큿큿) 아따 샴푸 냄시가 콧구녕을 꼭 꼭 찌른다. 나도 고향 집서 스타트 할 때는 화려한 드림을 안고 출발한 놈이여. 나 고향, 신안. 니 고향, 해남. 엎어지믄 반나절이고 코 닿는디, 머니 더 필요함 말허고 잉. 잘 살아보자고.

배순복 무슨 새마을운동 하세요.

한달진 얼굴은 비단결인딘, 워째 조동아리가 이라고 탱자가시 맹키로 표독스럴까이. (몸을 더듬는)

배순복 (잔을 후 후 불어 마시고) 됐죠? (일어나는데)

한달진 (더 힘껏 옆에 앉힌다) 니넌 냄비 맛 한 번 보잔마다. 밑구녕이 탔는지 눌었는지 봐야 알제 앙그려? 우리 꼰대 고향 신안군 증도, 내 고향도 증도. 앞으로 남은 인생 아우토반! 여의도보다 열 배나 더 큰 섬을 몽땅 사들여, 십팔 홀짜리 골프장 네 개나 짓겠다는 원대한 포부를 갖고 계신 분여. 누가? 우리 꼰대가. 어디? 바로 전라도 신안군 증도에다가 말여. (이화의 몸속으로 은근히 들어가는 손) 그때도 내가 차 시동이나 걸고 있을 것 같어. 그간 의리를 봐서라도 클럽 하나쯤은 냄기시것제. (돈을 이화의 가슴께 집어 넣어주는데) 인간 한달진이 인생, 저 먼 구멍 속에서 한줄기 밝은 라이트가

쏟아져 내려 불고 있다 이 말이여. 어이, 우리도 러브 스토리 한 번 하잔말다. 시방 배깥에 눈발 날리고 수북하게 쌓였드만.

배순복 (거부한다) 이러지 마.

한달진 어째, 오늘 민방위 훈련 날이여?

배순복 (뿌리치고 일어나) 왜 이래요. (돈이 이리저리 흩어져 떨어진다)

한달진 내가 뭘. 오, 정조를 지키시것다. 십일세기 판 춘향전 이다 이 말씀이싱만. 흠, 그런다고 타진 냄비가 반질 반질한 압력밥솥 된가. (주머니에서 골프공 하나를 빼 바닥에 놓고 맨손으로 스윙 연습을 해 보인다) 돈이나 주서 줘.

배순복 (돈을 줍고 있다)

한달진 그려, 그렇제. 가랭이를 살짝 더 벌려봐.

배순복 (빤히 본다. 아주 불쾌하다)

한달진 (가볍게 스윙 연습을 하며) 저 구녁 속으로 쏙 들어가야 제 맛인디.

배순복 (주운 돈을 달진의 얼굴에 확 던지며) 에이, 순 깡패새끼.

한달진 이년이 성질 건드리네 이거. 콱 안!

마 담 한실장 왜 이래. 승질 죽여 승질.

배순복 확 배창시 긁어서 아스팔트에 볼라 불라.

마 담 한실장 제발. 이화 뭐해 사과하지 않구.

오기만 언제 들어왔는지 입구에 서서 지켜보고 있다.

한달진 장사 제대로 하고 싶으면 똑바로 해. 애들 풀어 확 다 불질러 불라이 씨. 너 빌려간 돈 이번 주까지 안 갚으면 알지? 각서 쓴 거 기억 안 난당가? 못 갚는다면 무슨 짓을 해도 괜찮다! 내가 뭣땀시 니한테 돈을 빌려줬는데. 오, 붕어빵 사장님. 언제 오셨으까? 이년이 배창시가 불렀는가 머리를 찔러 줘도 마다 여. 나 성질 진짜로 새마을호 됐다. 옛날 같으믄 간 데마다 먹커갖고 쥐어박고 치고 완전 완행이었어. 많이 양호해졌다 이 말이여. 하긴, 우린 꼰대 같음 골프채로 쪼인트 맺 번 까고, 수천만 원짜리 골프채 해저드에 바로 퐁당인디. (나가려다 골프공을 가볍게 던져주며) 붕어빵! 가져. 선물이여. 어째 부족허냐. 부족허믄 골프장 해저드에 가봐. 물 반 공 반이여. 해저드 몰라? 무식한 새끼. 연못 말이여. 전라도 말로 뜸벙. 거 가믄 골프는 졸라 못 치고 폼만 잡는 놈들이 빠트린 골프공이 수두룩 빽적지근해. 주서 간 놈이 임장께. 고놈 주서다가 니 다 가져.

오기만 (눈초리 매섭다)

한달진 보믄? (변하며) 아자씨, 무서워유. 눈에 히내루 푸셔유.

오기만 (공을 들고 부들부들 떨고 있다)

배순복 기만씨.

한달진 기만씨? 놀고 있네. 아조 못다 핀 앙상불이구만. 체, 조지나 밥이다. 마담, 담에 봐이. 장사 똑바로 해. 쓴

물 값 달어놔!

오기만 이봐유.

한달진 저유? 왜유? 왔다 새꺄! 어짤래. 그 골프공으로 한
대 쳐불라고. 부들부들 떨믄 어쩔 것이여. 니가 모래
시계여? 나 지금 떨고 있냐? 어이, 붕어빵. 하루 종
일 붕어빵 폴아도, 그 공 한 타스도 못 사. 그게 얼마
짜린 줄 알어. 하나에 팔천 원썩이다. 한 타스에 열두
갱께, 엉넝 계산 해봐라. (계산하는 그러나 안 되는)

마 담 9만 6천 원.

한달진 알어! 존나 뿡어빵 폴아봐라. 한 타스나 상가.

오기만 (계속 떨고 있는) 이화씨가 갚아야 할 돈이 (힘주어) 얼
마유?

한달진 워째, 붕어빵기계 폴아서 갚게? (뺨 톡톡 친다) 쳐. 쳐!
고 삥아리 눈물만이나 한 공으로 사람 치믄 코피나
나겄냐. 쓰볼새꺄. 휘발유에 불붙게 허덜 말고 찌그
러져. 어째, 지난 번 맹키로 존나게 두들겨 맞고 합의
볼래? (다시 돌아와서) 씨볼 새끼. (뺨을 똑똑 치는데, 갑자기
부르릉 떤다. 핸드폰 받고) 예. (90도 각도로 깍듯이 인사를 하
고, 기계처럼 차려 열중 쉬어 자세로) 죄송합니다. 일이 좀
있어서… 지금 말입니까. 예 알겠습니다. 영점 오 초
내로 퍼뜩 가겠습니다. 옙. 옙. 옙. 뛰어! (나간다)

마 담 뭐 저딴 새끼가 다 있어. 이화 소금 뿌려 소금. (이화
나간다)

검사실.

오기만 (달진에게 당한 분풀이가 생각나는지 그 자리에서 움직이지 않는다) 나쁜 자식.

사무장 오기만. 똑바로 앉아. 사람들이 왜 골프에 미치는 줄 아나? 한방의 쾌감! 홀~인원. 십 센티미터도 안 되는 작은 구멍 속에 단번에 쑥! 오기만, 바로 그 한 방을 노렸던 거 아냐?

오기만 뭐, 한 방이유? 시방 참말로 한 방 얻어맞은 기분이 유. 자꾸 사람을 죽였다고 누명을 씌우는디, 검사님 은 뭔 말을 그렇게 쉽게 하셔유?

사무장 오기만! 대한민국 검사를 가지고 놀 거야 엉! 나 대한민국 검사야!

오기만 검사증은 나도 있슈.

사무장 뭐?

오기만 검사증유.

사무장 뭐라구?

오기만 때 되믄 자동차 검사 꼬박꼬박 해유. 붕어빵 기계 싣고 다니는 트럭 유리창 맨 앞에 떡하니 붙여놨슈 내가.

사무장 나, 참. 나도 시력검사, 혈압검사, 피검사, 콩팥검사, 치질검사, 다 했다. 검사증! 좋아하네. 자꾸 시간 끌어 봤자야. 계좌추적하면 다 나와. 대질심문하면 다 나온다구.

박기풍 일행이 골프를 친다.

박기풍   (채 휘두른다) 뛰어. (공이 구른다)

어깨 2   (공 줍는) 뛰어.

어깨 1   다행히 검찰 쪽에선 엉뚱한 방향을 캐고 있는 것 같습니다.

박기풍   우습게보지 마. 괜한 연막일지도 모르니까.

어깨 1   넵.

박기풍   검사 쪽에 미리 애들 좀 붙여봐. 단서가 나오면 무조건 입을 막아야 돼. 알았어?

어깨 1   넵.

박기풍   그리고 혹시 모르니까 한 놈 학교 보낼 준비해 놓고!

어깨 1   네. 그건 벌써 준비돼 있습니다. (어깨2를 쳐다본다)

박기풍   (어깨2를 보더니 미소 지으며) 그리고 소문나지 않게 레지년 찾아봐! 혹시 연락이 올지도 모르니까 항시 대기하고.

어깨 1   넵. 수소문 중입니다.

박기풍   (어깨1에게) 어서 뛰어.

어깨 1   넵. 뛰어. (박기풍 나간다. 따라 나간다)

어깨 2   뛰어. (공을 주우라는 줄 알고 뛰다가 돌아보니 사람들이 없자 급하게 따라 나간다)

그들 들어간다. 검사실만 남는다. 검사, 강남수 데리고 들어온다.

검 사 자, 저쪽으로.

강남수 (움츠려 앉는다) 야.

검 사 나왔습니까?

사무장 아직, 입을 열지 않습니다. 박기풍 사장 쪽의 반응은 어떻습니까.

검 사 그게 아직까진 별 반응을 보이고 있진 않은데… 하지만 곧 꽁지에 불붙은 강아지 꼴로 날뛰게 되겠죠.

오기만 (나직이) 형. 워째 일이 꼬이네에.

강남수 글씨 말여.

오기만 한실장 그 노마가 참말로 죽었으까유?

강남수 몰러.

사무장 해외로 튀진 않을까요?

검 사 출국금지 신청해놨으니까 그건 걱정이 안 되는데….

사무장 미리 연행을 하는 게….

검 사 확실한 증거가 없잖습니까? 타초경사! 괜히 풀을 건드려 뱀을 놀라게 할 필요까진 없습니다. 한 판 게임을 즐기자는 건데, 기꺼이 이겨주지. (사무에게) 언제까지나 이런 시골구석에서 썩고 있을 순 없잖습니까. 나, 사법고시 사법연수원 동시 수석한 유능한 검삽니다. 그런데 지금 온 몸에서 시금털털한 된장 냄

22

새가 배는 것 같아 돌아버리기 일보 직전이란 말입니다. 이번 껀 잘 해봅시다. (사무장 서류와 대조한다)

사무장　그렇잖아도 금융감독원에 사건 협조 보냈습니다. 그리고 장부의 행방을 찾는데 모든 수사망을 총동원하고 있습니다.

검 사　(마음에 든다는 듯 끄덕) 좋습니다. (서류를 검토한다) 그리고 배순복의 행방도 어서 찾아보세요. 모든 실마린 배순복의 행방에 달려 있으니까요. 어쩌면 장부도….

사무장　알겠습니다. 하지만 일단은 살인사건부터 해결해야… 장부문젠 그 다음에….

오기만　형, 이화씬 잘 있겠죠?

강남수　시방 남 걱정 할 때가 아녀.

검 사　이건 상당히 복잡하고 심각한 문젭니다. 거시적으로 접근해야지 미시적으로 풀어 가면 오히려 꼬일 확률이 높습니다. 작은 구멍 하나만 뚫리면 거대한 댐은 금방 무너져버리죠. 이건 그저 그런 살인 사건이 아닙니다. 냄새가 납니다. 큰 사건이란 감이 온단 말입니다. 그동안 기획적으로 준비해왔던 탈세나 로비의 결정적인 실마리가 될 겁니다. 문제는 장부의 행방인데….

사무장　(나가는데) 잘 알겠습니다. 그럼.

오기만　(사무장 따라가면서) 검사님, 우리는 인제 워찌 되는 겨? 예?

사무장　(뿌리치는데)

오기만　검사님. 말씀 해보셔유. 검사님. (사무장이 입을 막는다)

사무장　(헛기침만)

오기만　검사님?

검 사　왜요? 무슨 일입니까?

사무장　죄송합니다. 이 친구가 자꾸 말을 반복하기에. 나 검사 아냐. 앉아. (나간다)

오기만　검사님이, (둘러보며) 검사님이셔유?

검 사　네, 제가 검삽니다.

오기만　그럼, 저 검사님이 이 검사님이시면 저 검사님은 뭐유?

검 사　저 분 검사 아닙니다. 사무장입니다. 검사는 접니다. 제가 검삽니다.

강남수　맞어, 이 분 검사님이셔. 유능한 검사님이셔.

검 사　두 분 같은 동네 사람 맞습니까?

오기만·강남수　야.

검 사　직업은?

강남수　농사꾼유.

오기만　여름에는 가차운 해수욕장에서 폭죽도 팔구, 가끔 노가다판에 벽돌 져 나르구유. 요새 같은 겨울에는 붕어빵 팔구유.

검 사　(쓰며) 행상에다가 일용잡부 그리고 노점상. 골프장에는 누가 먼저 가자고 했습니까?

강남수 누가 먼저랄 거라구 하기보담은, 우연찮게 맘이 맞았습니다.

검　사 누구의 지시에 의해서 범행을 모의한 것이 아니다 그 말씀이시지요? 강남수 씨. 농협에 삼천만 원 정도의 빚이 있었죠? 그동안 이자도 내지 못하다가 얼마 전 밀린 이자와 원금의 일부를 갚았던데 갑작스럽게 그렇게 큰돈이 어디서 났습니까?

강남수 한실장한티 빌렸슈. 집이 넘어가게 생겼는디… 그 방법밖엔 없었슈.

검　사 그래요? 오기만 씨는 조사를 해보니까 통장에 천이백만 원 가량의 돈이 들어있던데, 어디서 난 겁니까?

강남수 야, 너 돈 한 푼도 없댔잖어.

오기만 돈 없시유.

강남수 여기 검사님이 돈 있다고 하잖여. 야, 그 돈 있었음 좀 빌려주지. 그랬음 니나 나나 오밤중에 골프장에도 안 갔을 거구 여도 안 들어왔지 임마.

오기만 뭔, 소리유. 천이백만 원 가지고 어떻게 이화씨 빚 갚고 장가를 간데유. 택두 없죠.

강남수 이기 돈 거여. 돌라고 하는 거여. 임마, 나나 이화나 똑같이 한달진이한티 빚을 졌는디 워째 나는 안 빌려주고, 빌려달라는 말 한마디 없는 그런 다방 여자 한티는 덥썩 돈을 쥐여 줄라고 했던 겨, 이 미친놈아.

오기만 (돌아앉는다)

강남수   내가 너한테 이것밖에 안 되냐. 니 아부지 농약 드시고 죽고, 집안에 쌀이 떨어졌다고 끙끙대고 다닐 때, 암 소리도 안 하고 니 어무니한테 돈이며 쌀을 대준 사람이 누구여 이놈아. 니 어무니를 봐서라도 너 그러믄 안 되야, 알어 들어?

오기만   왜 아부지 얘길 꺼내고 그려. 나 내 아부지 얘기하는 것 제일 싫어하는 것 알잖어유. 평생 노름에 지집질 하다가, 집안 다 말아먹고, 한 푼도 안 남기고 세상 뜬 양반이 울 아부지유. 나 미련 털끝만치도 없슈. 괜실히 엄니 들먹여서 내 맘 약하게 하지 마유.

검 사   (혼자소리) 마인드 콘트롤. 유능한 검사는 직접적으로 캐묻기보단 범인들끼리 자중지란을 일으키도록 놔 둔다. 대한민국 검사 사법고시 수석 사법연수원 수석. 대한민국 최초 사법고시와 사법 연수원 동시 수석. 품위를 잃지 말자.

강남수   그러믄 니 돈 반, 아니 삼분지 일이라도 빌려 줬음 좋았잖여. 오백이래두.

오기만   비닐하우스 무너진 게 어디 내 잘못이유. 나도 안 먹고 안 입고 겨우 겨우 모은 돈이유. 이화씨 빚 갚으려구 여기저기 모아둔 거랑, 마침 받은 갯돈 합쳐 겨우 마련한 거란 말유. 그게. 찬바람 부는 겨울에 붕어빵 팔기 쉬운 줄 알아유.

강남수   그려, 나는 하는 일마다 이 모양이다. 이 추잡스런 놈

아. 잘 먹고 잘 살아라. 내가 뭔 죄여. 니가 꼬드겨서 골프장 간 죄밖에 더 있냐?

오기만　얼레, 방금 우연찮게 마음이 맞아서 같이 갔다고 해놓구선 왜 갑자기 오리발이랴. 검사님도 분명 들으셨지유.

검 사　(알았다는 듯이 손을 내젓다가 가슴에 손을 얹고 앞에 사무장과 똑같이 한다) 유능한 검사는 권위를 잃지 않는다. 그리고 부드럽게 마치 의사가 환자를 다루듯. (담배) 자 피워요.

오기만　지, 담배 끊었시유.

검 사　그래? 몸, 몸 생각해야지. (넣는데)

강남수　지는 담배 안 끊었는디유.

검 사　(남수에게 담배 불까지 붙여준다)

강남수　지 동네가 원래는 참 살기 좋은 곳이었쥬.

검 사　(손짓으로 남수에게 계속 이야기를 하라는. 소파에 몸을 묻은 남수와 기만 아주 편안하게 보인다. 검사는 마치 토크쇼 진행자 같은 느낌이 난다)

강남수　봄이면 나지막한 야산에서부텀 선홍빛 진달래가 피기 시작하쥬. 그러다가 한 이틀 지나면 산 전체가 온통 진달래 천지유. 진달래 허니께 진달래 먹고 물장구 치고 그 노래 생각나네. 왜 장님가수 있잖아유. 대단허대. 꺼먼 안경 쓰고 뵈지두 않는디 기타 치고, 그게 교육을 잘 받은규. 장님가수 아버지가 소학교 선생이었다… 진달래뿐만이 아니유. 멀리서 소쩍새가 소쩍소쩍 님 찾는다고 울어대믄, 어깨에 지게를 메고, 겨우내 얼어붙은 땅을 일구러 가지유. 그러다가 언제 땅이 녹았나 싶어 돌아보믄, 아카시아 꽃향기가 사방 천지를 감싸 돌쥬. 동네 애기들은 서로 꽃을 따서 잎에 물고 다니고, 어른들은 논에 물길을 대느라 허리 펼 짬도 없이 바쁘구유. 그때는 동네 똥개들도 신이 났었응께에. 그놈의 골프장이 들어서기 전까지는 말이유. 지금이사, 워디 진달래 구경을 할 수 있나, 아카시아 꽃이 피기를 하나, 시커먼 자동차들이 들락거림서 사람들 주눅이나 들게 하지, 우리가 골프장 짓는 거 다 반대했시유.

오기만 반대했으믄 뭐혀유. 땅 넘어갈 때 보상비는 다 받아놓구선. 나는 넘길 땅 한 평도 없었시유. 그때나 지금이나 있는 건 방울 두 개 하구, 붕어빵 기계가 전부유.

강남수 니가 고자여, 임마. 방울만 두 개 있게. 거시기도 있잖여.

오기만 있음 뭣혀유. 써먹지도 못했는디.

검 사 얼마나 받았습니까?

오기만 세 개에 천 원씩 허는디, 네 개도 주고 다섯 개도 주고….

검 사 보상비 말입니다. 보상비.

강남수 얼마 되간디요. 남들은 보상비 많이 받았다고, 과일

나무를 심고, 꽃도 심고 하던디, 워디 내가 그런 재주나 있었간디유. 허긴, 순간적으로 돈이 생긴 게 좋긴 좋대유. 근디 이것이 갑자기 돈이 생기니께 어디다 쓸 줄도 모르고. 써봤어야 알쥬. 먹어본 놈이 먹을 줄 안다고, 옛날 울아버지 면서기로 계실 때 미군부대에서 빠다를 갖고 오셨는데 이게 먹는 건지 뭔지… 엄니가 빨래 비눈갑다고 그걸로 빨래를 한 겨. 하하하. 그래 곰곰 생각을 하다가 남아있는 밭에다가 비닐하우스를 치고, 유기농 딸기 농사를 졌쥬. 겨울에 내다 팔라구. 보상비 삼천에 농협서 빚 삼천을 내서 혔는디, 농협 빚 얻기도 힘들어요. 거기 형님 친구 분이 계셔서 가능했든규. 그분이 육손이여….

오기만 그류. 몰랐네.

검 사 (삼천포로 빠지는 그들에게 짜증)

강남수 출하 일주일을 남기고 하룻밤 내린 폭설인디 그걸 못 이기고 완전 주저앉아 버렸시유. 왜 작년 겨울 눈 많이 온 날 있잖어유. 하늘이 그렇게 원망스러울 수가 없드구만유.

검 사 농협 빚을 갚기 위해 한달진에게서 사채를 썼다구요?

강남수 네.

검 사 빚을 갚지 않아도 된다는 조건을 내세워 한달진이 끌어 들였죠?

강남수 아뇨.

검사	배순복이의 돈도 받지 않겠다며 오기만까지 끌어 들였고. 그러다가 돈 배분에 불만을 품고 계획적으로 한달진이를 죽인 거 아냐? 배순복과 짜고.

검사 배순복이의 돈도 받지 않겠다며 오기만까지 끌어 들였고. 그러다가 돈 배분에 불만을 품고 계획적으로 한달진이를 죽인 거 아냐? 배순복과 짜고.

강남수 이놈이 그랬슈. 이놈은 틀림없이 그렇게 하고도 남을 놈이유. 그려, 첨부텀 어째 수상쩍다 혔어 이놈아. (기만의 멱살 잡아 흔든다)

오기만 캑 캑. 아뉴.

강남수 일을 할라믄 혼자 하지 왜 나까장 꼬드기고 지랄이여.

오기만 캑 캑. 아뉴.

강남수 돈도 있으면서 없다고 사기치고. 임마. 니 아부지 죽고 집에 쌀이 떨어져서 끙끙 댈 때….

오기만 (확 밀치면서) 아부지 얘기 꺼내지 말라고 했쥬.

강남수 이놈이 사람 죽이네. 그려 죽여라 죽여.

검사 사건 당일 붕어빵 장사도 그만두고, 사전에 입을 맞추기 위해서 다방에 간 거잖아. (서류 본다) 벌꿀다방 마담이 다 불었어. 당신들이 모여서 모의한 거 말야.

마담 (조명 속에 들어간다) 좀 이상하긴 하더라구요. 얼핏 보니까 무슨 통장 같은 걸 건네는 것 같기도 하고. 나중엔 남수씨까지 와서 뭔가 쑥덕거리더라니까요. 모르죠 저야 무슨 소리를 했는지, 그냥 어깨 너머로 봤으니. 호호호호. 수사본부에 벌꿀다방 커피 한 잔씩 배달시키지들. (변하며) 하루빨리 장사를 시작해야 할 텐데… 현장보존 한다고 장사도 못하게 하면 난 어떻게 먹구 살죠? 그때 그 광경만 생각하면, 아유, 꿈에 보일까 무섭다구요. 홀에 빨간 피가 범벅이 되가지고. 뭐야, 이게.

자연스럽게 다방으로 변한다.

배순복 장사는 어떻게 하고 왔어요?

오기만 시방 장사가 중해요? (통장 품에서 꺼내) 받어유.

배순복 이걸 왜?

오기만 보태서 한달진이 돈 갚어유.

배순복 (미적거린다) 전….

오기만 그리구 이 달 안에 인사드리러 가유. 이화씨 고향에 부모님들 살아 계시담서유. 지야 홀어머니 혼자니께, 노총각 아들 장가 간다는디 쌍수를 들고 대 환영이쥬. 돈은 없어도, 잘 할게유. (알통을 만들어 보이며) 봐유. 이렇게 튼실헌디 내가 여자 한 명 책임 못 지겠슈. 고향에 가고 싶댔잖어유.

배순복 가고 싶네요. 하지만. (하는데)

마 담 이화, 눈 딱 감고 가. 요새 기만씨 같은 남자 없어. 나이가 많아서 좀 흠이지만.

오기만 마담. 여기 젤 비싼 차로 두 잔 줘유.

마 담 (코맹맹이) 건 뭐야? 통장 같으네.

오기만 아녀유. (얼른 감춘다. 마담 입을 쑥 내밀더니 들어간다)

배순복 꿈을 꿨어요.

오기만 꿈이유?

배순복 글쎄, 입고 있던 옷에 빨간 피가 물들지 뭐예요.

오기만 에이, 꿈에 피를 보믄 좋은 거유 그게.

배순복 끝도 없는 꽃길을 따라 걷고 또 걸었는데 다리도 아프지 않고, 어디서 날아 왔는지 주위엔 나비들이 따뜻하게 감싸주었지요. 멀리 파도 소리가 들리더니, 그 나비들이 나를 바다가 보이는 마을로 데려가지 뭐예요. 자세히 보니 고향 마을이었어요. 파란 파도가 갯바위에 부서지면서 하얀 거품을 일으키고, 고만 고만한 기와집들. 갈매기들이 너무나 한가로이 날으는, 분명 내 고향집이요. 유자밭 골목길을 따라 집으로 막 들어서는데, 내가 입고 있던 하얀 옷이 빨갛게 피로 물들고 있었어요.

오기만 (달래며) 앞으로 우리 일 잘되라고 꾸신 꿈이고만유 그기. (신이 났다) 그리고보믄 이화씨 이름 참 잘 지었슈. 이화, 진짜 배꽃같이 이쁘잖어유. 배꽃이라는 기 원래 하얀 배꽃 잎 속에 암술 수술이 도란도란 같이 붙어 있잖어유, 우리처럼. 그러다가 때가 되면 열매도 맺구유. (해박하게 웃는다)

배순복 (따라서 웃는다. 그러나 그 웃음은 어이가 없어 웃는 웃음일 수도 있다)

오기만 웃으니께 더 예쁘네유. 골프장 생기기 전에 동네에 배 밭이 좀 있었는디, 4월 중순께면 얼마나 이쁘게 핀지 몰러유. 냄새는 또 얼마나 고왔다구유. 하얀 눈이 하얀 솜이불 덮고 있는 것 같았는디. 지금이사 그 배 밭 아제도 보상금 받아서 서울 어디로 떴응께 배 꽃 보기도 힘들고. 자 유. (수줍어하고 다시 통장 내미는데)

배순복 전 그걸 받을 자격이 없어요. 그리고 실은….

오기만 또 그런 소리유? 다방에서 일한 여자는 무조건 결혼 못하라는 법 있유. 세상 천지에 그런 법이 어딧슈?

남수 숨가쁘게 들어선다. 기만 통장을 얼른 감춘다.

강남수 기만아. 너 거기 있었구나. 동네를 한 바퀴 다 돌았잖여. 장사는 안 하고 여기서 뭐혀?

오기만 지를 왜유?

배순복 (일어나 자리를 비껴 준다)

오기만 생각해 봐유 이화씨 예?

강남수 왜는? 시방 한달진이 동네에 돌아다니든디. 한바틈 오다가 마주칠 뻔 봤다.

오기만 내가 뭔 돈이 있슈.

강남수 천만 원도?

오기만 (딴청) 예.

강남수 아, 큰일났네.

마 담	(차를 내오며) 마침 잘 오셨네. 한 잔 누가 마시나 했는데. 이게 우리 집에서 제일로 비싼 차야들.
강남수	차 안 시켰시유.
마 담	(턱 짓으로 기만이 시켰다는)
강남수	돈도 없단 놈이, 웬 차냐?
오기만	그렇게 됐시유.
마 담	(놓고 가는)
강남수	오백도?
오기만	뻔히 알면서 그류.
강남수	다음 주까지 돈 못 갚으면, 한실장이 지 애들 풀어서 죽인다고 했디. 지난번에도 골프장 뒷산으로 끌고 가서 을매나 겁을 주던지 원. 쟈식이 전화를 해서는 '느그 딸래미 읍내 중핵교 댕기지. 쓰볼, 교복 입은 모습이 이쁘등만이, 그러더라구. 임마가 꼭 뭔 일을 저지를 기 같다니깨.
오기만	그러기에 누가 비닐하우스 하랬시유.
강남수	하늘에서 그렇게 많은 눈이 내릴지 누가 알았냐. 기상청에서도 몰랐디야. 애지중지 정말 실하게 키웠는데. 빨갛게 익어 가는 것 보면서두, 맛 한 번 제대로 못 봤어. 하나라도 더 팔믄 돈이 될까 싶었응께. 기만아 나 좀 살려 줘.
오기만	내가 뭔 의사유? 살려 주게.
강남수	기만아. 그문 나 어떡하냐. 하늘에서 돈벼락이 떨어

지는 것도 아니고. 아니 놈들은 돈벼락을 얼매나 맞
았길래 날마다 골프 치러 다니는겨. (차 마시다) 앗 뜨
거. 인제 차까지 나를 물로 보는 겨 뭐여. 어째서 허
구헌날 미역국에 빠진 쥐새끼 꼴이여. 너는 장가가
거든 꼭 딸 나라. 그래서 골프를 시켜. 내 딸년은 이
미 늦었구. 봐라 박세리며 수퍼 땅콩인가 뭔가. 을매
나 돈을 잘 버냐. 니는 골프장도 가차이 있으니께 꼭
그렇게 혀. 아이고, 이 울화통 터지는 시상.

이때 문을 열고 들어서는 어깨2. 그 모습에 한달진인 줄 알고
남수 얼른 소파 뒤로 숨다.

어깨 2   한실장 못 봤어?

오기만   (퉁명스럽게) 못 봤슈.

어깨 2   이 자식 겁대가리를 상실했나. (놀라서 숨어있던 강남수
가 나온다) 뭐야 이건? 이런 쥐새끼! (혼자말로) 어린놈
이 쪼잔하게 돈지랄이나 하고 다니고, 이걸 그냥! 니
들 조심해! (다방 안을 훑어본다. 무섭다. 나간다)

검사실.

검 사   배순복이 곧 잡혀. 그럼 다 밝혀진다구. 세상에 비밀
이란 없다구. 인생이 구만리 같은 사람들이 왜 십자

가를 짊어지려구 해요. 괜히 남의 죄까지 덮어쓰지 말고 순순히 불어요. 자, 배순복과는 어떤 사이죠?

오기만 지는 결혼까지 생각하고 있슈.

강남수 지는 결혼했시유.

검 사 배순복도?

오기만 (동시에) 그건 잘 모르는디, 지는 하여간 그랬시유. 나같이 배운 것 없고, 촌구석에서 붕어빵이나 팔고 있는 놈한티 관심이나 있간디유. 이화씨는 항상 웃어 좋시유. 바다가 보이는 해남 땅 끝 마을이 고향인디 부모님께 인사드리러 갈 참이었유.

강남수 (동시에) 뭔 소리유. 울 마누라 알믄 다리몽둥이 부러지게유. 실은 내가 인물이 좀 되긴 하니께, 혹시 그 짝에서 마음이 있었는지는 모르지만, 나는 곰 같은 마누라하고 토끼도 잡아먹을 정도로 먹성이 좋은 자식들이 있는 몸인디 어림 반푼도 없는 소리쥬.

검 사 사람이 죽었어! 정치권으로 흘러 들어간 검은 돈의 내막이 담긴 비밀장부까지 사라졌고! 생방송 심야 토크쇼 하는 줄 알아. 태도가 뭡니까 이거? 감방에서 한 50년 콩밥 먹어야 정신 차리겠어.

강남수 착하게 살게유. 너도 임마 착하게 산다고 그려.

오기만 더 이상 어떻게 착하게 살아유.

검 사 배순복이 평상시와는 다른 행동을 한 적은 없었어요? 다 알고 있으니까 지어낼 생각 말라구요.

오기만 글씨, 한 번은 밤늦은 시간에, 누가 창문을 두드리기에 나가보니께 이화씨드라구유. 한달진이가 다방으로 자꾸 전화를 걸어서 귀찮게 했나 봐유. 다방에서 혼자 자는 게 무서워서 왔다고, 하룻밤 재워 달라고 해서 얼른 들어오라고 했쥬. (눈치를 보다가) 그냥 얘기만 하다 잤슈.

검 사 그래요?

오기만 아무 일도 없었시유. 참말이유. 그냥 이야기만 하다가 잤시유. 전라도 해남 땅 끝 마을 바다가 보이는 디가 이화 씨 고향인디, 고향에 가고 싶다고… 그래 내가 꼭 데려다 준다고 했지유.

검 사 그때부터 입을 맞추기 시작했어요?

오기만 (부끄러워하며) 아무리 검사님이라지만, 내가 이화 씨랑 입맞춤 한 것까지… 그류, 잠든 모습이 너무나 곱고 이뻐서 몰래 딱 한번 입술을 대 봤구만유. 참말로 딱 한번이유. 한번.

검 사 아니….

오기만 알았슈. 말 나온 김에 다 말하쥬. 입술을 대보니께 욕심이 생기대유. 그래 내 마음이 방망이질을 함서 기분이 묘해지대유. 그래 몰래, 몰래 볼록 튀어나온 젖가슴에 손을 살포시 대 봤슈. 손안으로 가슴이 꼭 안기대유. 이화씨가 눈치를 챘능가 몸을 틀길래 얼른 손을 뗐구만유.

강남수 넌 바본 겨 머저린 겨. 그건 너한테 몸을 허락하겠다 고 온 거 아녀. 그걸 가만 놔뒀단 말여. 아구 답답아. 그래놓고 안즉 못 써먹었다고 지랄여. 아이구 모지리.

검 사 두 분 잠수복을 빌리러 다이빙 샵에 간 적 있죠?

오기만·강남수 (놀라서 서로를 쳐다보다가) 예.

검 사 뭐 하러 빌린 겁니까?

오기만·강남수 그기….

검 사 시체를 유기해서 골프장 해저드 즉 연못에 수장하려 고 했던 거죠?

오기만·강남수 예? (손사래 친다)

검 사 (서류보고) 여기 다이빙 샵에서 일하는 종업원의 진술 도 벌써 확보되어 있다구.

여 자 (조명 속에 들어선다) 그래요. 기억나요. 어쩐지 좀 이상 하더라. 촌티에 빈티에 캐릭터 특이하던데. 사람을 죽였어요? (경악) 샵 회원이냐고 물었더니, 회원이라 고 하대요, 뭐 동네 대동계 회원이래나 뭐래나. 골 때 려! 그래 샵 회원이냐고 다시 물었더니 집에 삽도 있 고 호미랑 곡괭이도 있다면서 횡설수설 하대요. 도 대체 삽이니 호미니 곡괭이가 스쿠버장비랑 무슨 상 관이라구? 그래서, 잠수복만 빌려서야 되겠냐고 (꺼내 면서) 물안경, 호흡기, 공기진압계, 스노쿨, 웨이트벨 트, 부력 조절용 공기주입기, 모자, 장갑, 칼, 버선, 렌

턴, 오리발은 필요 없구요? 했더니 '다 조유' 하면서 빌려갔는데. (나간다)

검 사 완전범죄를 저지르기 위해 잠수복을 준비한 거잖아. 삽이며 호미며 곡괭이까지. 맞아 안 맞아?

오기만 우리는유, 형님, 우리 완전 살인범으로 몰린 거? 그류?

강남수 글씨, 하여간 우린, 검사님 우린 아뉴. 참말 아뉴. 그치?

오기만 예.

검 사 그러면 지난 이틀 동안 도대체 어디서 뭘 했어?

강남수 그기…. (오기만을 쳐다보지만 오기만은 고개를 흔든다)

검 사 계획대로 한달진을 살해했지만, 막상 살인을 저지르고 겁이 나서 숨어있었던 거잖아. 그래, 안 그래?

오기만 그, 그건. 골프장 창고에 갇혀 있었슈. 그츄.

강남수 응. 그려. 맞어.

검 사 목격자는? 어떻게 증명할 거야?

오기만 글씨, 그기, 맞어유. 쥐, 쥐새끼들한티 물어봄 되유. 찍찍거림서 우리를 엄청나게 성가시게 혔으니께 그 지유.

강남수 그려. 너 말 잘했다. 물어봐유.

오기만 내가 돌멩이로 던지니께 쥐새끼가 '찍' 거림서 폴짝 뛰었슈. 그러니께 남수 형님이 발로 사정없이 밟았슈. 허이구, 펄건 피가 픽 터지대유.

검 사 지금 무슨 소리를 하고 있는 거야. 그러면 골프장에를 왜 갔어. 죽은 한달진이가 골프장 해저드에서 무엇인가를 꺼내면 배순복과 강남수 씨 사채를 탕감해주겠다는 약속을 했지. 그래서 뭔가를 꺼냈는데 그것이 바로 증도CC와 관련된 비밀장부였고. 그런데 배순복과 강남수 그리고 오기만 이렇게 셋이서 그간에 원한도 있고 해서 계획적으로 한달진이를 죽이고, 연못에 수장시킨 다음 박기풍 사장을 협박하기로 했다. 그래 안 그래?

오기만　전혀 아닌, 디, 유.

검 사　그럼? 뭐야. 도대체 왜 골프장에 갔냐니까.

오기만·강남수　그게 그러니까….

검 사　이유를 말해보라니까!

강남수　다방에서 기만이가 탁자를 (실제로처럼) 딱 침서 가자고 했슈? (오기만에게) 그렇지?

오기만　(끄딕끄덕)

검 사　좋아, 그러면 다방에서 했던 것처럼 해봐. 그때처럼 그렇게 해보라구.

오기만　(해도 되냐고 고개를 끄덕)

검 사　(그래도 된다고 끄덕)

오기만　(탁자를 내려친다)

검 사　(놀란다)

오기만　(주머니에서 골프공 꺼낸다) 바로 이기유. 선물.

강남수	(멍하다) 공 아녀?
오기만	돈이유 돈.
강남수	돈?
오기만	골프장 가봤슈?
강남수	가보긴, 먼발치서 구경만 했지.
오기만	해저, 저, 해떠, 그려 해저드, 봤시유?
강남수	안즉 해 떨어질라믄 멀었지.
오기만	연못이유.
강남수	연못?
오기만	연못이 해저드유.
강남수	그려어. 몰랐네. 너 많이 유식해졌다. (검사에게) 이러면 돼쥬?
검 사	계속해.
오기만	골프장에 연못 몇 개나 있슈?
강남수	글씨, 여기 증도씨씨?
오기만	(끄덕)
강남수	한 예닐곱 개 되지 아마. 전번에 산 위에서 보니께 그러더구만.
오기만	그기유!
강남수	뭐?
오기만	귀 좀 빌려유. (쏙닥쏙닥)
검 사	(귀를 같이 대 본다. 그러나 전혀 들리지 않는다) 뭔지 알아먹게 진술해봐. 좀.

오기만	그때 이렇게 했슈. (궁시렁궁시렁)
강남수	헉?
오기만	(역시)
강남수	하나에 오. 헉!
오기만	(역시)
강남수	최소한 삼.
오기만	(역시)
강남수	햐!
강남수	천, 개만, 건져도 오 백.
검 사	(귀를 대는데 알 수 없다) 아 참.
강남수	골프공이 그렇게 많이 있을까? 안 깊을까? 수영은?
오기만	못허는디, 혀유? (쑥덕쑥덕)
강남수	잠수복?

한달진	(소리) 뛰어!

골프장. 무대로 골프공이 쪼르르 굴러오자 달진 뛰어와 공 줍는다. 구릉 쪽으로 박기풍 사장 (다른 옷을 입었다) 나와 가벼운 퍼팅 연습 중이다. 그 옆에 어깨 둘. 달진 잽싸게 공 줍고 티에 조심스레 올려놓는다.

박기풍	문제는 사업허가권이야. 수단과 방법을 가리지 말고. (퍼팅) 뛰어!

한달진	(복창) 뛰어! (잽싸게 달려 공을 주워 다시 티 위에 올려놓고)
어깨 1	사과상자로 준비했습니다.
박기풍	시대의 흐름을 읽어, 아직도 현금박치기야? (퍼팅) 뛰어!
한달진	뛰어! (다시 공을 주워 올려놓고)
박기풍	주식은 됐다 뭐해. 골프 회원권은 됐다 밭에 거름 줄 거야? 경제부 기자, 의원 보좌관, 경찰 검찰, 닥치는 대로 뚫어. 특히, 경제부 기자들 구워삶아. 제 놈들이 먹으면 토해 내겠지. 주식 오르내리는 것, 그놈 손에 달렸어. 선심성 기사 몰라. (퍼팅) 뛰어!
한달진	뛰어. (공 줍는)
박기풍	개미군단이 몰려야 주식 값이 뛰고, 사업허가권도 쉬워. 문제는 국세청 놈들인데, 흔적 남기지 마. 컴퓨터고 사무실이고 언제 닥칠지 모르는 놈들이야.
어깨 1	장부관리 철저히 하고 있습니다.
박기풍	물증이고 심증이고 한 방울도 흘리지 마. (퍼팅) 뛰어!
한달진	뛰어. (공 줍는)
박기풍	내가 누구야.
어깨 1	열다섯에 홀연 단신 상경하셔, 주먹으로 장안을 평정하셨습니다. 뜻한 바 나라에 보탬이 되시고자 건설회사를 설립하셨습니다.
어깨 2	지난 아이에무에프 이후 국내굴지의 골프장을 차례로 인수하셨습니다. 현재는 중도CC 대표이시며 전

	국골프장협력업체 바른 잔디, 고운 잔디 관리대표.
어깨 1	바르고 행복한 가정 만들기 모범 상임위원, 서울특별시 구로구 가리봉동 조기축구회 고문과 건강한 성생활을 위한 맨발로 걷기 운동본부 집행 위원이시며.
박기풍	야야, 거기는 어제 부로 대표이사 됐다.
어깨 1	죄송함다. 건강한 성생활을 위한 맨발로 걷기 운동본부 대표이사이시며. 원만하고 행복한 부부생활을 위한 안락한 삶 부드러운 침대 소장님과.
어깨 2	인터넷 포탈사이트 국산콩 국산메주 국산깨 국산참기름 소비촉진을 위한 카페 고문이십니다.
박기풍	내 소원이야. '사업허가권' (퍼팅) 뛰어!
한달진	뛰어. (공 줍고 놓고)
박기풍	증도 가봤나? 내 고향 증도.
어깨1,2	아직 못 가봤습니다.
박기풍	좋은 곳이지. 바다, 파도, 바람, 나무, 들판, 하늘, 구름. 정말 골프장 짓기에 딱 좋은 곳이야. (퍼팅) 뛰어!
한달진	뛰어. (공 줍는)
박기풍	지상 최대의 골프장을 만드는 거야. 18홀짜리 골프장 네 개를 만들고도 남는 땅. 거기에 유람선을 띄우고 호텔과 수영장 그리고 카지노가 들어 설 거야. 제주도 팔분의 일도 안 되는 사이판이 왜 유명한 줄 알아. 바로 투자야. 우리라고 못 할 이유가 없어. (퍼팅) 뛰어!

한달진	뛰어. (공 줍는다. 많이 지친 모습이다)
박기풍	특히 조개들. 미용에 민감해. 천혜의 자연 뻘밭에 누워서 머드팩 마사지라.
어깨 1	존경스럽습니다.
어깨 2	아따 후끈 달아오르는구망.
박기풍	썰물 때, 물이 빠지면 수평선까지 펼쳐진 개펄에 제일 먼저 나오는 녀석이 누군 줄 아나?
어깨 2	고기 잡는 어붑니다.
박기풍	틀렸어. (퍼팅) 뛰어!
어깨 2	뛰어. (공 줍는)
박기풍	게야. 게. 붉은 집게들. 사람 엄지손가락만한 크기의 농게 수천 마리가 한꺼번에 위로 솟아오르지. 물이 빠지면서 광활한 개펄에 수천 개의 게구멍이 드러나. 멀리 바다 끝 너머로는 하루 종일 피곤했던 태양이 걸쳐있고, 수천 마리의 게들이 쉴새없이 양손을 움직이며 뻘을 먹고 있거든. 그게 어떻게 보이는 줄 아나?
어깨 2	게판입니다.
박기풍	대가리 박아. 개새끼야. (퍼팅) 뛰어!
한달진	뛰어. (공을 줍는)
박기풍	양손을 들어 고개를 숙였다 폈다 하는 모습이, 선사시대 태양신께 제 의식을 치르는 종교행위 같거든. 소름이 끼쳐. 거기에 이 작은 골프공이 떨어지면, 놀

란 게들이 마파람에 게눈 감추듯 제 구멍 속으로 단 한번에 들어가지. 그게 뭐야?

어깨 1　(가르쳐준다) 홀인원

어깨 2　홀인원입니다.

박기풍　일어서. (퍼팅) 뛰어!

한달진　뛰어. (공 줍는)

박기풍　거기에 골프장을 만드는 거야. 중국, 일본, 미국, 유럽 골프광들 환장을 하겠지. 돈 좀 있는 놈들 죄다 중도로 몰린다 이 말씀이야.

캐디들　(소리) 우리는 몸종이 아니다.

캐 디　(소리) 안경 착용 허용하라.

캐디들　(소리) 허용하라.

캐 디　(소리) 성희롱 중단한라.

캐디들　(소리) 중단하라.

박기풍　아직 정리 안 됐나?

어깨 2　퇴근시간에 맞춰 매일 그렇습니다.

박기풍　그래, 노동조합이라도 만들겠다는 건가.

어깨 1　전국 골프장들의 공통된 추세라서 시간이 좀, 하지만 캐디들이 특수 고용직으로 묶여있는 이상 힘들다고 봅니다.

캐디들　(소리) 짐꾼 취급 웬말이냐!

박기풍　(퍼팅) 뛰어!

한달진　뛰어. (공 줍는)

캐디들   (소리) 안경착용 허용하라.

박기풍   안경?

어깨 1   클럽 회원들께서 캐디들이 안경을 착용하면 건방져 보인다는 이유 때문에 싫어하십니다.

박기풍   눈 좋은 사람만 고용해. 사람을 데리고 있다는 건 복잡한 수학공식을 푸는 것과 같아. 어려운 숙제야. 비위도 맞추고 잘 구슬려봐. 아님 본보기로 한두 놈 작살내서 뒷산에 묻던지. (퍼팅) 뛰어!

한달진   뛰어 (공 줍는. 완전히 지쳐있다)

박기풍   (자리를 옮겨 큰 스윙을 휘둘러본다)

한달진·어깨들   (사장 옆에 바싹 붙어 다닌다)

한달진   (몸이 반쯤 들어간 연못가에 공을 놓는다)

박기풍   그날의 감동을 지금도 잊지 못해. 다들 숨죽이며 조마조마 했잖아. (양말을 벗어 어깨에게 준다)

어깨 2   뭐하는 거야?

어깨 1   박세리!

박기풍   골프는 심리전이거든. 한순간도 방심은 금물이야. 마음의 안정을 놓치면 안 돼. 공이 해저드 옆 풀밭에 떨어졌을 때 모두들 포기했지. 허나 나는 믿었어. (구릉 속 연못으로 들어간다)

박기풍   첫 우승은 그렇게 시작됐어. 완도 촌놈이 세계를 거머쥔 거야.

어깨 2   박세리 고향이 완도여?

어깨 1	그건 최경주.
박기풍	격투기를 해서 그런지 체격도 좋았지. 글세, 골프연습장을 보고 꿩 사육장인 줄 알았다잖아. 나 그런 무식한 새끼들을 위해서라도 이 사업 꼭 추진해야 돼. 알아?
한달진	(깃발이 꽂힌 홀 겁으로 잽싸게 달려가, 미리 들어있던 공을 꺼내 보이며) 버디!
어깨들	(박수를)

달진 공을 공손히 들고 나오며 노래 〈상록수〉 부른다. 아주 진지하다. 그러면 어깨들도 어깨동무를 하면서 같이 부른다. 한편에선 기만과 남수가 잠수복을 입는다. 기만이 입고 남수가 입혀 주는 형색이 희미하게 보인다.

한달진	저들에 푸르른 솔잎을 보라/ 돌보는 사람도 하나 없는데/ 비바람 불고 눈보라쳐도/ 온 누리 끝까지 맘껏 푸르다/ 서럽고 쓰리던 -
박기풍	(노래 중간에) 사업허가권 어떠한 난관이 있어도 뚫어.
어깨들	네.

박기풍 일행 나간다. 한달진은 뒤늦게 남아 어깨들이 읊조렸던 박기풍의 명함들을 외우고 있다. 그러다가 관객을 본다. 그의 눈빛 매섭다. 달진 사라진다.

무대 쓱 어두워진다. 음악 기괴하게 흐른다. 기만, 기우뚱 자우
뚱 넘어졌다 일어났다, 영락없는 오뚜기다. 기만이 앞서 걷는
다. 그러나 오리발 때문에 잘 걸을 수 없다. 뒤를 이어 남수 슬
슬 눈치를 살피면서 골프장으로 들어간다. 어설픈 도둑이라는
것이 확연히 나타난다. 무대 점차 푸른빛으로 밝아진다. 완벽
하게 드러난 다이빙 복장의 기만. 어찌 우주인 같기도 하고 외
계인 같기도 하다.

강남수   (플래시를 비춰보고) 산을 깎아서 그런가 더 크게 보인
다아. 잔디도 좋고. 잔디가 한겨울에도 포동포동 살
찐 오리털 같어. 기만아, 거기가 여긴갑다.

오기만   (호흡기를 물고 있어 무슨 말인지 알 수 없다) 우어웅어?

강남수   왜 그 노래 있잖여.

오기만   우엉웅엉웅우어?

강남수   저 푸른 초원 위에 그림 같은 집을 짓고 사랑하는 우
리 님과 한 평생 살고 싶단 언덕 위에 하얀 집 말여.

오기만   우엉엉웅우엉?

강남수   거기가 바로 여긴가베. 봐라, 이렇게 푸른 초원이 어
딨냐?

오기만   우엉웅엉 우우우우 허허허허.

강남수   허파에 바람이 들어갔나 왜 웃고 지랄이여.

오기만   우엉엉엉어 (손짓까지) 우럴럴러 어럴럴.

강남수   그 다방여자랑 이런 디서 그림 같은 집 짓고 살고 싶

다고?

오기만 (끄덕) ㅎㅎㅎㅎ.

강남수 미친놈 아녀. 호흡기를 떼면 쉽게 말이 트이잖여.

오기만 (크게 심호흡) 그러게. 형님. 꽃도 심고, 과일도 심고, 흐
ㅎㅎ, 애두 나야지유. 지는유, 애기를 나면유, 꼭 공
부를 시킬 거유. 내가 못 배와 이렇지 배왔음유 이렇
게 안 살지유. 공부를 했음은유 큰 공장을 차렸을 거
유 내가아.

강남수 공장.

오기만 붕어빵 공장이유. 못 먹고 배고픈 애들 줄라믄, 어디
작은 붕어빵 기계 가지고 돼남유. 이따만 한 공장을
차려야쥬.

강남수 그 여자두 널 좋아하기는 하는 겨?

오기만 그럼유. 바다가 보이는 이화씨 고향에 손잡고 같이
갈 꺼유. 안즉도 부모님이 살아계신다니께, 술도 한
병 받구요, 보약이라도 한 재 지어서 가야지유.

강남수 조심혀. 그런 여자들 중에 꽃뱀도 있는겨.

오기만 꽃뱀유? 그러믄 나는 제비개유.

강남수 근디, 골프공을 누가 사기나 할까?

오기만 골프 치러 다니는 사람이 어디 한둘이유. 봐유, 새벽
부터 시커멓고 좋은 차들만 골프장 들락거리는 거
못 봤슈?

강남수 골프라는 기 재밌는가? 저 작은 구멍에 공 집어넣는

기 뭐가 좋다고 난리들이냔 말여.

오기만 구멍에다가 단번에 공 집어넣는 것을, 뭐라 하는 줄 알아유?

강남수 알지. 골 - 인 아녀.

오기만 아뉴.

강남수 그럼, 홈런이겠지.

오기만 틀렸슈. 홀인원이유. 홀. 인. 원.

강남수 홀, 인, 오온. 니 참말로 유식해졌다. 야, 지팽이로 공 집어넣은 기 어렵나?

오기만 구슬치기 할 때 구멍 속에 구슬 넣기가 을매나 어려웠는디유. 우리 같은 사람은 골프치는 지팽이 비싸서 구경도 못하잖유.

강남수 허긴 사람도 구멍에서 태어나 구멍 속으로 들어가는 거잖여. 그 구멍이 크고 작고 하는 차이밖에 없는 거 같다아… 기만아, 여기 오니께 별도 보이고… 골프장이 좋긴 좋은 갑다야. 어렸을 때 평상에 누우믄 밤하늘에 은하수가 보였는디, 힉한 구름 뜬 것 맹키로 말여. 요샌 별 보기도 힘든 세상 아니냐.

가로등 꺼진다. 무엇에 놀랐는지 바위틈으로 빨리 몸을 숨긴다. 멀리 조명 하나. 그 속에 무릎을 꿇고 있는 캐디. 그 뒤에 방망이로 협박하는 달진.

강남수   오늘밤 안으로 연못 다 돌아야 되니께 서둘러.

기만 구릉 속 해저드에 몸을 담근다.

오기만   (물을 마셨는지 캑캑거린다. '톡' 튀어나오는 골프공 하나 떼구
            르 구른다. 기만과 남수 눈을 마주친다. 남수 어서 들어가 보라
            고 손짓한다)

오기만   (호흡기 물고 연습을 한 후 손가락으로 동그라미 사인 보낸다)

강남수   ….

오기만   ….

강남수   잘 되냐?

오기만   ….

강남수   잘 돼?

오기만   (한참 만에 나온다. 호흡기 떼고) 여기.

강남수   뭐여, 겨우 한 개여.

오기만   아녀. 바닥에 잡히는 기 전부 공 같어유.

강남수   그려. 얼마나?

오기만   참말로 물 반 공 반이유. 아니, 공이 아니라 돈으로
            보여유.

강남수   (갑자기 안으며) 기만아. 고맙다 이눔아.

오기만   글안해두 답답해 죽겄구만, 놔유. 숨 맥혀유.

강남수   그려 그려.

오기만   거시기 뭐시냐. 양파차댕이 줘봐유.

강남수   응, 그래. (건넨다)

오기만   다 긁어 가지고 나올 테니께 지둘려유.

강남수   그래. 일 끝내고 쇠주 한 잔 하자. 내가 쏠께.

오기만   (들어간다)

강남수   물 반 공 반이믄, 이 넓은 연못에 못해도 천 개는 되 것다. 가만, 천개믄 얼마여. 한 개에 오천 원씩만 잡 아도… 오십, 오백, 헉, 오백만 원이여. 이 골프장에 연못이 전부해서 일곱 개 있으니께, 오칠에 삼십오. 뭔 일이랴. 삼천오백만 원. 하! 하! 하! 전국에 있 는 골프장 연못을 다 돌아다니믄, 떼부자 순식간이 여. 쥐구멍에도 볕들 날 있다더니, 그려, 나, 완전, 홀 인원이다아.

오기만   (쌕쌕거리며 나온다. 양파 망태기에 골프공을 수북하게 담아 가 지고 나온다) 자.

강남수   얼레얼레 이게 도대체 맻 개다냐?

오기만   아직도 한참 남았시유. 거, 플래시 줘 봐유.

강남수   그려, 그려.

오기만   이거 비워 줘유.

강남수   (망태기의 공을 다른 자루에 넣고 다시 망태기 준다)

오기만   (들어간다)

강남수   이거 맻 개여. 대충 봐도 백개는 넘것는디. 물속에 들 어간 지 한 오 분 됐는데 오십만 원이믄. 하! 하! 오 십 분이믄 오백만 원이고, 백분, 이믄. 천만 원. 하!

하! 빚 갚고, 인생 새롭게 오픈한다. 불행 끝 행복 시
작이다.

오기만   (나온다. 좀전보다 더 많이 가지고 나온다)

강남수   아직도 있냐.

오기만   (힘들다. 고개만 끄덕)

강남수   그럼, 시간 없잖여 어여 들어가.

오기만   (손짓으로 '나도 좀 쉬자' 라는 투다)

강남수   쉬긴 뭘 쉬. 어여 들어가. (자루에 골프공을 부어 다시 망태
건네다)

오기만   (들어간다)

강남수   인간 강남수. 다시 피는 화려한 외출이여. 인자는 딸
기 농사여 안녕이여. 허리 쪼그려 가며 고생할 필요
가 뭐 있어 (하는데. 그 앞으로 휙 날아오는 골프채) 이건 뭐
여? (연못에 대고) 기만아, 이건 또 뭐냐? (또 던져지는 채)

오기만   (나온다. 역시 망태기에 공이 가득하다)

강남수   (채 들고) 이건 뭐냐아?

오기만   어때유? 새것이지유.

강남수   내가 봐서 뭐 아냐.

오기만   그것도 팔믄 돈 될 거유. 듣기로는 그 채가 수천만
원 한다고 했으니께. 못 받아도 오백만 원 이상은 받
을 거유.

강남수   오, 백, 만,

오기만   (좋아 웃는다)

강남수 헉! 야, 나는 네가 연못에 들어갔다 나왔다 하니께 꼭 은도끼 금도끼에 나오는 신령님 같어. (신령처럼) 이 골프채가 네 골프채냐?

오기만 아니요.

강남수 그럼, 이 은으로 만든 골프채가 니 골프채냐?

오기만 제 골프채는 흔하디흔한 평범한 채이옵니다.

강남수 허허 고놈 참 착한지고. 그럼 여기에 있는 것을 다 갖도록 하여라.

오기만 아이구 신령님 감사 또 감사하옵니다. 형님, 내 트럭 타고 전국에 있는 골프장 다 돌아 봅시다. 비행기 타고 제주도도 가고.

강남수 제주도뿐여, 미국, 유럽, 그러디는 골프장이 더 많잖여. 테리비서 보니께 문만 열믄 골프장이드라야. 아니지 우리 비행기를 한 대 사자. 그래서 지구를 돔서 골프장이라는 골프장은 다 돌자.

오기만 그류. 옆에는 이화씨 태우구유.

강남수·오기만 하하하하. 허허허허.

멀리 캐디들의 아우성 소리가 바람을 타고 들리기 시작한다.

강남수 (자루를 들어본다) 야, 이거 상당하다. 니 트럭 가지고 올걸 그랬나베.

캐 디 (소리) 캐디도 사람이다.

55

캐디들	(소리) 캐디도 사람이다 사람답게 대접하라.
강남수	데모하는 것 같은디.
캐디들	캐디도 사람이다. 폭력이 웬말이냐!
강남수	봐, 그렇잖여.
오기만	뭐라고 하는 겨 시방?
강남수	글씨. 캔디도, 사탕이다, 사탕 대접 해달라. 그러는디.
캐디들	(소리 점차 사그러든다)
강남수	야, 요새는 사탕도 국가에서 관리를 하나보다.
캐디들	(비명과 호루라기 소리가 겹친다)
오기만	(들어간다)
강남수	민주주의 됐다더니, 그것도 아닌가비여. 아니 캔디를 사탕 대접 안 해줘갖고 저 난리를 만들어. 아무튼 희한한 일이구마안. (콧노래가 나온다)
오기만	(급하게 나온다) 형님, 안에 뭔 금고 같은 기 있는디?
강남수	금고?
오기만	(들어갔다가 금고 들고 나온다. 금고는 크지 않지만 혼자서 들 수 있는 무게이고 아주 단단하게 잠겨 있다)
강남수·오기만	….
강남수	골프 치는 놈들은 금고도 버리는가 보다야.
오기만·강남수	(같이 흔들어 본다. 뭔가 둔탁한 소리를 낸다)
강남수	혹시 금덩어리 같은 거 아닐까.
오기만	그, 금?
강남수	(끄덕)

오기만   (역시 끄덕)

긴 호루라기 소리.

강남수   우리 들킨 겨?

오기만   뭐유? 그러믄 뛰어야쥬.

두 사람 자루와 금고를 들고 달린다. 그러나 기만의 오리발 때문에 넘어지고 만다.

한달진   (소리) 거그 안 스냐. 느그들 거기 서!!!

오기만   우리 완전 걸렸는가 벼.

강남수   일단 숨고 보자.

기만과 남수 바위틈에 숨는다. 비명소리가 들리고 어깨들의 고함소리도 들린다. 한달진이 핸드폰을 들고 나타나는데 어깨2가 뒤에서 나타난다.

어깨 2   (핸드폰 뺏는다) 보믄? (달진의 뺨을 톡톡 친다) 너, 공 몇 년 주웠냐.

한달진   ….

어깨 2   삼 년 더 주워라. (어깨3,4 보면서) 애들 관리 잘하고, (전화) 잘 정리됐습니다. (허리 숙여) 옙. 옙. 옙. 옙. (끊는다.

나간다)

한달진 (어깨3, 4에게) 보믄? (주머니에서 골프공 꺼내 던지며) 뛰어!

어깨3,4 뛰어. (공 줍는)

한달진 내가 누구냐? 내가 누구냐고?

어깨 4 그게, 그것이, 긍께, (생각이 안 나는지 머리 긁고) 흐미,

한달진 심어!

어깨 4 심어! (머리 박는, 순간 어깨3 주머니서 쪽지를 꺼내 슬쩍 본다)

한달진 대가리가 부족하믄 온 삭신이 튼튼해진다. (어깨3에게 턱짓으로 말하라는) 너?

어깨 3 주먹 한 방에 콧구멍 양쪽에서 피가 주르르 흐르는 일명 '일타쌍피' 권법으로 마포, 영등포, 신사동, 청담동을 싹쓸이하신 하이에나셨슴다.

한달진 (눈을 감고 잠기는) 또.

어깨 4 망치파, 빠루파, 도라이버파, 송곳파, 일명 철물점이라 불리는 온갖 조직에서 러브콜 하셨슴다. 그러나 끝까지 독립군 생활을 하시다가, 뜻한 바 나라의 보탬이 되시고자 박기풍 사장님의 부름을 받고 중도씨씨에서 몸담고 계심다.

한달진 그래, 그래. (변하며) 느그들 우리 시스터들 잘 모셔라.

어깨3,4 (인사하고 나간다)

한달진 뭔가 고린내가 난단 말여.

오기만 저 노마가 우리를 봤으까유?

강남수	쉿!
오기만	물에 들어갔더니 재채기가 나올라고 허는 디이.
강남수	참어.
오기만	(입을 막고 재채기) 츠!
한달진	이것이 뭣시여 시방. (널부러진 골프채를 집어 든다) 이쪽은 철조망이 가로 놓여 있고, 저쪽에서 내가 왔응께, 바로 여기 바위틈에서 나는 냄새였구만. (한 발 한 발 기만과 남수가 있는 방향으로 걸어간다. 급하게 숨다가 바위 앞에 놔둬버린 골프공이 든 망태기를 들어올린다. 들고 있는 야구 몽둥이로 바위를 꿍 내려친다)
강남수	(숨어 있다가 놀라 자신도 모르게 벌떡 일어난다)
한달진	오호. 이런, 골프장에 손님이 오셨구만. 몰라봤네.
오기만	(들통났다. 일어난다. 호흡기 물고, 스노쿨까지 쓰고 있으니 정말 우주인 같다)
한달진	뭐야 이건? 여그가 계수나무 방앗간 달나란 줄 알아. (남수 보며) 돈 갚을라고 요런 디까장 직접 왕림하시고… 참 딸래미 학교 잘 댕기제, 아조 뽀샤시 허니 겁나게 이뻐단마시. 룸쌀롱 같은디 보내믄 일 잘하것데, 뽀샤시 허니.
오기만	(손짓 발짓) 우엉우엉웅어 우우우.
한달진	(남수가 들고 있던 랜턴을 기만에게 비춘다. 얼굴에 쓰고 있는 것들 벗긴다) 이런, 붕어빵 사장님 아니십니까. 요새는 골프장에서도 붕어빵 파쇼? 아하, 연못에 붕어 새끼

들 밥 주실라고.

오기만　그냥 골프공 주워 가도 된다고 해서. 줍는 사람이 임자라고 했잖유.

한달진　하하하하. 얼척 없구만. 어이 붕어빵 바보 아냐? 허가를 받고 해야제. 이것은 도둑질이여.

강남수　도둑질유??

한달진　완전히 작정을 하고 나섰구만. 근디 그것은 뭐여? 금고 아녀? (랜턴을 비춰 금고 본다. 뭔가 낌새가 이상하다) 가만, 이거 워디서 났어?

오기만　저기 연못에 있었유.

한달진　오우, 해저드? (차갑게) 여기엔 왜 왔어?

강남수　공 주우러 왔는디.

오기만　그류.

한달진　(금고 보고) 이건?

강남수　(고개를 도리도리)

한달진　정말.

강남수　(끄덕)

한달진　역서 나는 냄시였구만이. (손짓으로 물러나란다)

오기만·강남수　(뒤로)

한달진　안즉 실력이 녹슬진 않았어. (금고에 귀를 대고 숫자를 맞춰 열어버린다. 그 안에 비닐로 둘둘 말린 장부가 나온다)

강남수　(갑자기 친한 척, 달진에게 플래시 비춰 준다) 그기 뭐유?

한달진　(눈빛 날카롭다) 앙거, 인나, 둔녀, 자동. (잠수복 벗는다)

60

오기만·강남수 (앉았다. 일어났다. 누웠다. 다시 일어난다. 기만 힘든 자세들이다)

한달진 허, 허, 하하하하. 내 인생도 꽃필 날이 이라고 웅만이. 허허. 요것만 갖고 있으믄, 꼰대 지도 개발에 땀나대끼 뛰란 소리 안 하것제. (변하며) 느그들 도둑질하믄 경찰서 가야 됭 거 알제. 어째, 경찰서로 갈 거여, 아니믄 저기 창고에 처박혀 있을 것이여?

강남수 나는 옛날부터 창고를 겁나게 사랑했슈, 기만이도 그럴걸유 아마.

한달진 앞장들 서더라고.

그들 나간다. 기만 여전히 오리발 때문에 뒤뚱뒤뚱.
검사실.

검 사 (골프공이 든 망태기를 책상에 올린다) 전부 사백육십칠 개. 한 개에 300원씩만 받고 되판다고 쳐도, 십사만백 원. 다이빙 샵에서 잠수복 장비 일체 빌린 값을 제하면 육만 원. 돈 육만 원 벌자고, 이 일을 했다. 이거 너무 어설프다고 생각하지 않아요.

강남수 방금 뭐락 했슈? 공 하나에 삼백 원유?

검 사 삼백 원이면 깨끗한 공이고, 골프연습장에 알아보니까 백원 받기도 힘들대요.

강남수 야, 적어도 오천 원은 한다며? 이 새끼 순 사기꾼이

네. 지 통장에 돈이 있으면서 두 손 오리발만 내밀고. 야, 오기만. 말해봐 새끼야. 이 자식이 보자보자 하니까 내가 보자기로 보이나. 이거 순 사기꾼 아냐. (기만 멱살 잡는다)

오기만 놔유, 좀. 누구는 그기 그렇게 싸구런 줄 알았슈.

강남수 너, 계획적으로 나를 끌고 들어간 거지. 다방여자랑 짜고.

오기만 짜긴 뭘 짰다구 그류, 아이고 막 울고 싶네. 엄니.

검사실과 무대 뒤쪽에 박사장 일행 등장한다. 그러면 검사실과 골프장의 현재 장면이 동시진행으로 이어진다.

박기풍 지상최대의 파라다이스가 게거품처럼 날아갈 판이야. 어른께서도 노발대발이시다. 아직도 장부 못 찾았나?

어깨 1 죄송합니다. 애들 풀었으니까 조금만 더….

박기풍 언제까지 기다려, 그러다가 애송이 검사 놈 손에 들어가면? 니가 다 책임질 수 있어? 이젠 어떻게 할 거야?

어깨들 (서로 눈치만 본다)

박기풍 그런 피라미 새끼 하나 단속을 못해.

어깨 2 (슬슬 눈치를 보며 공을 올린다)

박기풍 검찰 쪽에 바짝 붙어서 신중하게 알아봐. 너 많이 배웠다며.

어깨 1 검사 놈 잡아다가 파묻어버리겠습니다.

박기풍 국가권력에게 개기면 어떻게 되는 줄 알아. (갑자기 돌변하며) 씨발새꺄 개새꺄. (나간다. 어깨도 같이)

검 사 (책상 치고) 앉아! 여기 대한민국 검사실이야. 앉아. 일어서. 앉아. 일어서. (따라하는 기만과 남수) 나 유능한 검사야. 자, 다시 정리를 하자. 죽은 한달진이 골프장 연못에 비밀장부가 들어 있다는 말을 했고, 그 사실을 안 두 사람이 사건당일 며칠 전부터 철저한 조사 후 연못에 들어 있는 장부를 빼냈는데, 내연 관계에 있던 한달진이 배순복과 짜고.

오기만 이화 씨 한달진이하고 내연 관계 그런 거 아뉴.

강남수 봐. 내가 그런 여자일수록 무서운 법이라고 혔지.

오기만 아니래니께 그러내유.

검 사 내연 관계에 있던 한달진과 배순복이 분담금 명목으로 다투던 중, 이를 본 오기만이 배순복과 합세하여 한달진을 둔기로 때려 숨지게 한 뒤 도주를 하다가 붙잡혔다.

오기만 그런 일 없슈.

강남수 그러면 나만 들러리였다 이 말여. 순 날강도 같은 놈이네.

오기만 형까지 왜 그류.

의 경	(급하게 들어와서) 배순복이가 잡혔답니다.
검 사	어디서요?
의 경	오기만의 집에서랍니다.
검 사	장부는?
의 경	무언가를 찾았답니다.
검 사	그래요? 도착하는 대로 즉시 데리고 오세요.
의 경	알겠습니다.
검 사	오기만, 더 이상 속일 생각은 마! 이제 배순복이까지 잡혔으니 밝혀지는 건 시간문제야. 어서 털어놔!
오기만	진 아무것도 몰라유.
검 사	계속 오기만 부릴 꺼야? 일이 성사되면 한 밑천 잡아, 어디든 뜰 생각 아니었어? 배순복이랑 비밀장부를 미끼로 박기풍 사장 협박하려고 했잖아.
강남수	이런 개만도 못 한 놈이 있나. 워째 니 일에 나까지 끌어드리고 지랄이야. 뭐 하나에 오천 원. 임마 겨우 삼백 원도 안 된다잖여.
오기만	몰라유 몰라. 그럼 어떻게 해유? 형님이 빚 독촉에 벌벌 떠는디 가만히 앉아서 보고 있슈? 지도 사람이유. 어려운 시절 우리 집에 쌀 떨어지믄 쌀 대주고 돈 떨어지믄 돈 대준 사람이 바로 형님 어무니 아뉴. 그런디 그걸 어찌 잊고 살아유. 통장에 돈 있는 거 안 빌려준 거 미안혀유. 지도 살라고 욕심 부린 기 이렇게 됐슈. 참말이지. 나, 형님 도와주고 이화씨 빚

도 다 청산해줄라고 그런 겨. 하지만 그렇게 큰돈을 갑자기 마련할 방법이 어딨슈? 그러다가 한달진이가 예전에 한 말이 생각났던 거라구요. 그래서 골프장에 가자고 했던 거라구요. 계획이니 협박이니 난 모른단 말유. 나두유 행복하게 살고 싶었시유. 이화 씨는 어떻게 생각할지 모르지만 지는유 참말로 이화 씨랑 같이 살라고 그랬시유. 엄니, 우리 좀 구해줘유. 우리 살인자로 몰리고 있슈. 억울혀유.

사무장 배순복 데리고 온다.

오기만 이화씨. 괜찮혀유?

사무장 검사님 여기. 오기만이 집에서 나온 증거 자룹니다. (장부 건넨다)

검 사 (미소를 머금는다) 이거, 비밀장붑니까?

사무장 그게.

검 사 (본다. 읽는다) 양화점 김씨, 이십칠만 원. 식육점 둘째, 이만오천 원, 복덕방 수근이 할아버지 이백팔십만 원, 벌꿀다방 이화, 이백사십만 원, 딸기밭 강남수 천이백만 원. (넘긴다) 파란 기왓집 권씨 영감 삼만 원. 뭡니까 이게? 이거 죽은 한달진이 수금장부 아닙니까 이거. (던진다)

사무장 (몸들 바를 모른다) 죽은 한달진이를 포함해 여기 네 사

람의 계좌를 추적했습니다만, 별다른 단서는 없습니다. 그런데 여기. (서류 내민다)

급한 전화벨 소리가 울리고 무대 뒤편이 밝아지면서.

의 원   (풀 스윙을 하고) 터널이 무너지면 다 죽는다. 협박이가? 칠칠치 몬하게 아래 사람 하나 관리를 몬 해?

박기풍   (공 티에 올리는)

의 원   (힘껏 휘두르는) 뛰어!

박기풍   뛰어. (공 줍는)

의 원   상생을 하자는 얘기겠지? 니도 살고 내도 살고. (스윙) 내기 좋아하나?

박기풍   (공 올리고) 네? 무슨, 말씀이신지?

의 원   내기 골프는 단순한 도박인기라. (기풍의 어깨를 툭툭 친다) 내 그리 알겠네. (스윙하고 들어간다)

박기풍 들어간다.

검 사   (본다) 배순복 씨 왜 사람을 죽였습니까. 서로 돈 배분을 하는 과정에서 한달진이가 섭섭하게 한 점이라도 있습니까?

배순복   네? 그게 무슨….

검 사   매달 정기적으로 돈을 보낸 곳이 있죠?

배순복	네.
검 사	어딥니까?
배순복	그건, 그건….
검 사	배순복 씨. 남편과 다섯 살 된 아들이 있죠?
배순복	… 네.
오기만	나, 남편, 유?
강남수	내가 뭐랬냐, 이 여자 꽃뱀이랬지?
검 사	한달진에게서 빌린 돈도 전부 남편 통장으로 이체가 됐는데, 맞죠?
배순복	네.
사무장	(서류봉투 내민다) 여기.
오기만	나, 남편유? 니편도 아니고 우리편도 아닌 남편유? (사무장에게) 담배 한대 줘봐유.
검 사	(주라는 신호)
오기만	(받아서 피운다) 그럼 나는 뭐유. 나는 뭐냥께유. (순복 흔든다)
배순복	속일 생각은 없었어요. 기만씨 미안해요.
오기만	울 어무니, 나 장개 간다고 마을잔치 할려구 읍내에 나가서 한복까장 맞춰 놨는디. 아이고 (크게) 아이고… 아이고… 울 엄미 죽기 전 소원이 나 장개가는 것 보는 거라고 아이고 아이고…. (왔다 갔다. 드러눕고 떼를 부린다)
검 사	어이!

67

의 경	네. (들어온다)
검 사	묶어!
의 경	(기만을 의자에 앉혀 포승줄로 묶고 나간다)
검 사	(알았다는 듯 끄덕) 다른 일 제쳐 두고 박기풍 사장 동정부터 신경 쓰세요.
사무장	(나간다)
검 사	살인은 법으로나 도덕적으로도 용납이 안 되는 무서운 범법 행위입니다. 순복씨께서 행한 폭행치사는 형법 제 262조에 의해 최하 징역 삼 년 이상의 형량을 구형하게 되어 있습니다. 말이 삼 년 이상이지 경우에 따라서는 무기징역 또는 사형까지도 받을 수 있어요. 아주 큰 죕니다.
오기만	머저리, 아이고 머저리 같은 놈,
배순복	(아무 말도 하지 못하고 울고만 있다)
검 사	한달진이 협박했습니까?
오기만	차라리 나를 죽이지 나를.
강남수	머저리 같은 놈.
배순복	저는 다방에 있는 작은 쪽 방에 기거를 하고 있습니다. 그날 밤에도 술에 취해 한실장이 찾아왔지요. 다짜고짜 문을 두드리며 열지 않으면 무슨 일이 벌어질 것 같았습니다.
한달진	(소리) 야, 문 열어. 야, 배꽃 문 열어.

검사 남수, 기만 철제 책상 밀고 나간다.

배순복　영업 끝났어요.

한달진　(소리) 알어. 긍께 문 열란 마다. 이 동네 문 연데 암도 없응께, 야 한 잔만 하고 갈랑께 문 열어. 안 열믄 진짜 휘발유 찌끌라서 불질러분다이.

배순복　(나가서 문 열어 주는)

한달진　(몸 가누기도 힘들다) 야, 씨볼. 문을 열라믄 빨리 열 것이제. 좇도 꿈틀대고 있어. 야, 한 잔 하자. 씨볼, 같이 건배하자.

배순복　늦었어요. 빨리 마시고 가세요. (들어가려고 하는데)

한달진　비싸게 굴지마라. 한 판 하까. 러브스또리 함 찍어봐?

배순복　좀 피곤해서요. 마시고 가세요. (들어가는데)

한달진　흠, 나만 쏙 빼놓고 즈그들끼리 잘 해보시겠다. 야, 너 나랑 한 밑천 잡아서 뜰래? 씨볼, 나도 우리 꼰대 똘마니 노릇하기 싫어. 나 하루 종일 공 줍는다. 내가 똥개냐. 핵핵 거리고 뛰기만 하게. 어째 뜰래, 말래? (달진 순복을 앉힌다)

배순복　(저항 거칠다)

한달진　아, 돈. 돈 때문에. 돈? 씨볼, 주믄 될 꺼 아냐. (주머니에서 만 원짜리 몇 개 던져 준다) 하자 해.

배순복　놔, 이거. 왜 이래. 야, 이 새끼야. 술을 처먹었으면 곱게 취해. 어디서 주접을 떨고 지랄이야.

한달진   (갸웃거린다) 흠, 흠, (주위를 훑어보고 손가락으로 자신을 가리킨다) 나. 시방 나한티 한 소리여. 그라제. 고것이 바로 니 본심이여. 속에 시커먼 먹구름 같은 것이 눌러 붙어갖고, 니도 응어리가 많지야? 뭔지는 몰라도 내가 도와줄 것잉께, 쓰볼 나랑 뜨잔마다. (달라붙는)

배순복   너 같은 새끼 필요 없어. (양주 뺏어) 내 몸에 한 번만 더 손대면 확 죽여버린다.

한달진   내 눈은 못 속여. 너 붕어빵새끼 사기 칠라고 시방 작업 중이지? (다가간다) 그래서 다른 디 가서 또 순진한 놈들 등쳐묵고. 너, 여그 오기 전에 억서 뭣 했어 엉?

배순복   (물러선다)

한달진   (순식간에 병을 나꿔챈다. 양주를 병째 들고 마시는) 다 잊고 나랑 인생 새롭게 스타트 하자. 나, 시방 농치는 거 아니니까 내 말 잘 들어. 하하하하. 붕어빵 사장이 하하하하. 우리 꼰대 비밀장부를 골프장 해저드에서 건져냈어야. 하하하하, 시방 내가 창고에다가 잘 모셔 놨응께.

배순복   그 사람 순진한 사람이야 건들지 마.

한달진   순진한 놈 등 쳐먹을라고 한 년은 깨끗하고 시간 끌지 말자, 선수끼리 왜 이래.

배순복   번지를 잘 못 찾았어. 그만 가.

한달진   (다시 마시고) 나, 너 좋아한다. 러브한당께. 맘속에 있는 말을 못 해서 그라제, 참말로 너 맘에 두고 있었단마다. 돈 그까짓 껏 안 갚아도 돼. 내 인생 앞으로 아우토반이여. (주머니에서 반지 꺼낸다) 선물. 진작 줄락 했는디 말이 쓰볼 안 떨어지더라.

배순복   (받는다)

한달진   내가 그래. 겉으로는 무식한 척한디, 속으로는 끙끙거림서 말도 못하고 근단마다. 니 해피하게 할 자신 있다. 못 믿냐. (핸드폰 들어 번호 누른다) 아, 박사장 나요 한달진이. 씨볼, 목소리도 잊어 불었어. 뛰어. 인자 알것어? 나? 다방. 나 시방 다이나마이뜽께 성질 건들지 마. 하하하. 뜸벙에 비밀장부가 있등만이. 시방 내가 잠시 보관 중인디. 확, 신문이고 방송사에 다 찔러볼라.

배순복   (혼자 소리) 장부?

한달진   씨볼놈아. 내가 니 똥개냐? 왜 밤나 울화통 터지게 담박질만 시키냐? 쓰볼. (술 마시고, 다시 수화기 대고) 음마, 무엇이 그라고 급헐까이… 글믄, 나. 인간 한달진이한티 골프장 하나 넘겨. 골프장 하나 넘겨줄 거여 말거여. 하하하. 당연히 그래야지요 사장님도 쓰볼 남 등쳐묵고 살았잖습니까 좃도. 예? 좋습니다. 지둘리지라. 봤냐? 나, 이런 놈이다. 두고봐라. 한달진이 꼭 성공한다. 성공해서 쓰볼, 엿 같은 세상… (마신다. 다리가 풀린다) 골프장 하나가 내 손으로 들어온단 마다.

배순복   사람 잘못 봤어. 동업자를 찾으려면 다른 곳으로 가

봐. (가는데)

한달진 사기 치지 말고 앙거. 앙거!

배순복 (달진의 손에 잡힌다)

한달진 우리의 러브스또리를 위하여. (영화 '러브스또리' 허밍으로 부르며 순복에게 안긴다)

배순복 그것만 있음 돈이 되겠네?

한달진 (순간 달려든다) 그래 긍께 나랑 러브스또리 하잔마다. (소파에 눕힌다)

순복이 밀자 취해서 뒤로 밀려나다 소파 끝 팔걸이 턱에 걸려 완전히 한 바퀴 돌아 나뒹군다. 움직임이 없다. 배순복은 옷을 추스르다가 한달진에게서 아무소리도 들리지 않자 다가간다.

배순복 이봐요? 이봐? (흔들어 보지만 반응이 없다. 놀라서 우왕좌왕 하다가 전화를 하려한다. 그러다 멈춰서 한달진의 옷을 뒤져 무언가를 꺼낸다. 급하게 달려 나간다)

한달진 (한참 후 신음 소리만. 손만 올라온다. 취기에 일어나지 못한다)

어깨들 들어온다.

한달진 (멍하니 앉아만 있다)

어깨 2 집 나간 똥개 한 마리가 쓰러져 있구나.

한달진 (정신이 없다)

어깨 1   장부 어딨어?

한달진   (겨우 고개를 올려 본다)

어깨 1   이거 골프장 인수하실 몸이 이래서 되나.

어깨 2   쪽방에 살던 레지년이 안 보입니다.

어깨 1   장부? 그년이 가지고 갔나?

한달진   (무슨 소린지 모르고 무조건 끄덕)

어깨 1   (가지고 다니던 골프채를 높이 든다)

한달진   살려….

어깨 2   양아치새끼 돈으로 장난칠 때부터 불안하다 했더니.
         (달진을 반듯하게 앉힌다) 주십쇼. 옷에 피 튕깁니다. (달진
         의 머리가 갸웃 기울자 반듯하게 세운다. 골프채로 달진의 뒤통
         수를 힘차게 내리친다)

한달진   (동백꽃 떨어지듯 고개가 뚝 꺾인다. 이윽고 스르르 넘어지는 몸)

박기풍   (달려 들어오며) 한달진이 어딨어?

어깨 2   제가 보냈습니다.

박기풍   어딜 보내? 장부는?

어깨 1   아마 다방 레지년이 가지고 있는….

박기풍   그럼 뭐하구 있어, 개새끼들아! 그년 쫓아. 장부를 알
         고 있는 놈들은 살려두면 안 돼. 그년 빨리 잡아.

어깨 1   네.

두 사람 나간다.

조명 밝아진다. 다시 검사실이다.

강남수 검사님 그럼 지는 어떻게 되는 기유? 나는 죽은 한실 장하고는 아무런 연관도 없으니께 인제 조사만 받고 나가믄 되는 거쥬. 그지유? 기만아 니는 고생을 좀 혀야 것다.

오기만 워째 나를 속였슈. 어째. 그리믄 첨부텀 가정이 있는 여자라고 말 한마디만 혔어도, 애시당초 꿈도 안 꿨을 거 아뉴.

배순복 미안해요. 말할려구 했는데… 미안해요.

오기만 (폴짝 폴짝 뛴다. 그러다 옆으로 넘어져 일어나지 못한다) 미안하다면 다유? 아이구 아이구. 어무니 아이구 분하고 억울하고 아이구….

검 사 어이.

의 경 (들어온다)

오기만 (의경을 보자 꽁무니를 뺀다. 그러다가 파당 넘어진다)

검 사 입 막아.

의 경 (테이프로 기만의 입을 틀어막는다)

오기만 우엉우엉웅엉웅엉웅, 우우우 우우….

의 경 (나간다)

강남수 검사님 저, 골프공 훔친 값이유 계좌로 넣어 드릴 테니까, 지는 나가두 되쥬?

검 사 (기만 보며) 저렇게 해 드릴까요?

강남수 아뉴. (각 잡고 앉는다)

검 사 배순복, 장부 가지고 어디로 갈 생각이었어요?

배순복	그냥 가지고 나왔습니다. 첨엔 한실장 말대로 엄청난 돈이 될까 싶어서요.
검 사	그런데 왜 오기만 집에 숨어 있었어요.
오기만	우엉엉엉어.
검 사	조용히 해.
오기만	(눈을 크게 뜨고 양쪽을 번갈아 가며 본다)
검 사	배순복. 다방에서 한달진이를 죽이고, 오기만이는 강남수를 죽이고 미리서 정해 놓은 약속 장소에서 만나기로 했죠? 그런데 무슨 일인지 약속한 사람이 나타나지를 않자 오기만이 집에 갔다가 우연히 뉴스를 보고 그대로 숨어 있었던 거 아냐? 혹시나 오기만이 나타날지도 모르고 해서. 안 그래?
강남수	(기만을 발로 차며) 에라이, 네가 그러고도 사람이냐. 이, (달려든다)
오기만	(그런 일 없다는 듯) 우엉어어어엉.
검 사	그만.
강남수	(눈치 보며 앉는다)
검 사	배순복씨 말해보세요.
배순복	어떻게 해야 될지 어디로 가야할지도 모르겠고… 순간 기만씨 얼굴이 떠올랐습니다. 그래서 기만씨 집에 갔던 겁니다. 너무나 겁이 나고 두려웠습니다. 그냥 방에 꼼짝도 않고 며칠을 보냈습니다. 정말입니다. 죄송합니다. 정말 사람을 죽일 생각은 눈곱만큼

도 없었습니다. 두렵고 무서웠습니다. (또박또박 그러나 서글프다) 남편이란 사람은 가정생활과는 거리가 먼 사람이었습니다. 매일같이 술에 손찌검까지… 저와 제 아들 욱이는 언제나 숨죽이고 살아야 했죠. 그러던 중 하늘이 무너지는 것 같은 일이 일어났습니다. 우리 욱이가 그렇게도 뛰어 놀기 좋아하던 우리 욱이가 근육병에 걸렸다는 겁니다. 점차 걸을 수 없게 되더니 지금은 서 있는 것조차 힘들게 되었습니다. 시간이 흐를수록 더 굳어진다고 하더군요. 돈이 필요했습니다. 아주 많이. 더 이상 악화되는 것을 막기 위해선 계속 주사를 맞고 약을 먹어야 하니까요. 다시 뛰게 할 수만 있다면… 걷게라도 할 수만 있다면… 생활비며 병원비를 도저히 감당하기 힘들었습니다. 카드빚은 천정부지로 쌓이고, 이리저리 뛰어다녔봤지만… 죽을 생각을 한두 번 한 게 아닙니다.

오기만 음 - 음.

검 사 한번만 더 소리 지르면 눈까지 가릴 거야.

오기만 (눈이 더 커진다)

사무장 (들어온다. 그러자 기만이 또 도망가다 넘어진다) 검사님, 중도씨씨 박기풍 사장이 연행 됐답니다.

검 사 어디로요?

사무장 대검 중수부랍니다.

검 사 명목이 뭡니까?

사무장 내기 골프랍니다.

검 사 골프장에서 내기 안 하는 사람도 있습니까?

사무장 억대 도박성 골프 내기였답니다. 이제 이 사건은 어떻게 되는 겁니까?

검 사 어떻게 되긴 뭐가 어떻게 됩니까? 그냥 단순한 치정과 원한에 관계된 살인사건이 되고 마는 거죠.

사무장 하지만 그것도 증거가?

검 사 지금 그게 중요합니까? 하, 분명 어디에 장부가 있을 텐데, 대한민국 사법고시 사법 연수원 수석 검사 정말 이해하기 힘듭니다. 그러면 이 사건 떼야 되는 거잖아. 아니, 이게 말이 됩니까.

사무장 검사가 개인의 소신보다는 조직체계로 움직이는 사회 아닙니까.

검 사 뻔한 것 아닙니까. 박기풍 사장이 정·관계로부터 건넨 대가성 로비 명목의 리스트가 확연히 드러날 것 같아, 미리서 차단하자는 얘기. 장부만 찾으면 되는데….

사무장 그럼 일단 장부라도 그쪽으로 넘기면?

검 사 사무장님은 이게 비밀장부로 보입니까. 아, 참. 촌구석 검찰청 생활 청산하나 했더니 원.

사무장 원래 이런 사건들 측근 몇 명 구속되면서 끝나잖습니까. 잘 아시면서.

검 사 사무장님은 저 사람들이 측근으로 보입니까? (나가면서) 검찰청법 제 7조 상명하복 조항에 이렇게 분명하

게 명시가 되어있습니다. '상사의 부당한 명령에 대해 이의를 제기할 수 있다' (나간다)

강남수   그러면 우리도 다 그쪽으로 넘어가서 조사를 받는 거유. 그려유?

사무장   몰라. 이제 처음부터 다시 시작해야 돼! (나간다)

강남수   다 니 때문여. (발로 기만을 찬다)

오기만   (운다)

강남수   (계속 찬다) 머저리, 머저리.

음악 흐른다. 남수 계속 찬다. 순복이 남수를 말린다.

오기만   (울음인지 웃음인지 모르는 신음을 흘린다)

배순복   그만해요. 그만. (기만을 안고 남수가 못 때리게 한다) 기만 씨, 죄송해요. 정말로 죄송해요. 상처 줄 생각은 전혀 없었어요. 기만씨 어머니 손이 참 따뜻하시데요.

강남수   내가 귀신에 홀렸지.

오기만   우엉웅엉웅어 웅엉. (순복에게서 멀어지려고 한다)

배순복   (스르르 눈물이 고인다. 기만을 꼭 안는다) 실은 기만씨가 주시는 돈 너무너무 받고 싶었지만, 받을 수가 없었네요.

오기만   우엉웅어.

강남수   머저리 같은 놈. 아프냐?

오기만   우엉웅엉.

배순복   (눈물을 훔친다. 옆으로 돌아앉아 품에서 사진을 꺼낸다)

오기만   우엉웅어 우우 엉엉 앙꼬 파 알 엉 웡 웡 웡.

강남수   바본 겨 머저린 겨. 이 판국에 팥앙꼬 얼어붙을 걱 정여?

오기만   우엉웅엉우엉.

강남수   니는 이 판국에 배고프다는 말이 나오냐.

오기만   우엉어 바 바 우엉.

강남수   엄니 밥은 잘 드셨는가 모르것다고.

오기만   우엉.

강남수   효잔 겨 바본 겨 머저린 겨. (긴 한숨) 모르것다. 나도. 맨날 고급차 타고 골프 치러 다니는 사람들 봐서 그런가 순간 머리가 핵가닥 돈 겨. 니나 나나.

배순복   (말이 없다)

강남수   (순복의 사진을 본다)

배순복   (눈물을 훔친다)

강남수   애가 똘망똘망 잘 생겼네유.

배순복   (사진을 꼭 안는다)

강남수   기만아. 우리들한테도 홀인원은 올까?

오기만   (눈물인지 울음인지 웅얼거리기만 할 뿐)

멀리 의원 골프채를 휘두른다. 그를 따르는 검은 그림자들. 음악 높아진다. 의원의 음탕한 웃음소리 무대를 채운다.

암전.

한국 희곡 명작선 168

홀 인 원 (Hole in one)

초판 1쇄 인쇄일   2024년 10월 16일
초판 1쇄 발행일   2024년 10월 25일

지 은 이   양수근
만 든 이   이정옥
만 든 곳   평민사
　　　　　서울시 은평구 수색로 340 〈202호〉
　　　　　전화 : 02) 375-8571 / 팩스 : 02) 375-8573
　　　　　http://blog.naver.com/pyung1976
　　　　　이메일   pyung1976@naver.com
등록번호   25100-2015-000102호
ISBN   　 978-89-7115-853-1   04800
　　　　　978-89-7115-663-6 (set)
정 　 가   9,000원

이 책은 사단법인 한국극작가협회가 한국문화예술위원회의
2024년 제7차 대한민국 극작엑스포 지원금을 받아 출간하였습니다.